# Hannelore Deinert

# Lasst die Kinder fliegen

# Inhalt

Aschermittwoch.................................................................5

Das fremde Kind...............................................................35

Wem gehört das Kind?.......................................................77

Bibliografische Information der Deutschen Nationalbibliothek: Die Deutsche Nationalbibliothek verzeichnet diese Publikation in der Deutschen Nationalbibliografie; detaillierte bibliografische Daten sind im Internet über dnb.dnb.de abrufbar.

© 2018 Hannelore Deinert
Herstellung und Verlag:
BoD Books on Demand, Norderstedt.
ISBN 978 3 7504 8175 6

# Aschermittwoch

Das Versprechen.

Spätestens am 11. 11. ging der Spuk richtig los, von da an platzte die kleine Schneiderwerkstatt aus allen Nähten. Zugeschnittene oder halbfertige Fastnachtskostüme lagen stapelweise auf den Tischen und Stühlen, fertiggenähte hingen in offenen Schrankregalen auf Kleiderbügeln. Die Näh- und Spezialmaschinen surrten und ratterten von früh bis in die Nacht hinein, um den ausgefallenen Wünschen der Kundschaft pünktlich vor den verrückten Tagen gerecht zu werden. Neue Aufträge wurden schon lange keine mehr angenommen oder wurden, so es ging auf später verschoben.

Schneidermeisterin Mechthilde Köhler, sie nahm nach der Trennung von ihrem Mann ihren Mädchennamen wieder an, hatte in der Schneiderei des Darmstädter Landestheaters gelernt und lange dort gearbeitet, ihr war der Umgang mit einer exzentrischen Kundschaft durchaus geläufig.

Zwei Helfer standen ihr zur Seite, der junge Yusuf, ein Flüchtling aus Syrien, den sie trotz anfänglicher Sprachbarrieren schnell zum Zuschneider hatte anlernen können, und die Näherin Agnes, eine nicht sehr belastbare Mittfünfzigerin, die sich bei allzu großem Stress gerne mal ausklinkte, sprich krank meldete. Mehr Angestellte gab der kleine Betrieb nicht her, nicht etwa aus Mangel an Aufträgen, Mechthilde war für ihre zuverlässige, saubere Arbeit und ihre moderaten Preise bekannt, eher weil ihre gutbürgerliche Kundschaft in der Regel erst nach zweimaliger Erinnerung ihre Rechnungen beglichen. Schon mehrmals hatte Mechthilde wegen der teuren Stoffe und Accessoires, wie Pailletten, Perlen, Federn, Borden und so weiter, eine kleine Vorauszahlung erwägt, verwarf dies aber genauso oft wieder, weil sie befürchtete, ihre Kundschaft würde dafür kein Verständnis haben.

Schon früh im Jahr fing sie an Stoffe für die kommende Fastnachts-Saison zu kaufen, vor allem für die geplanten Kostüme, die an den Fastnachtsumzügen getragen werden sollten. Im Zuschneide-Raum wurden die entsprechenden Schnitte entwickelt, die Mechthilde dann mit Yusuf zusammen auf die Stoffe übertrug und von ihm zuschneiden ließ. Dann ratterten die Nähmaschinen, begleitet vom Dampfen und Zischen der Bügeleisen, den ganzen Tag und manche Nacht hindurch durchs Haus.

Es war Mitte Dezember geworden, als gegen Abend wieder eine Anprobe anstand. Pünktlich zur vereinbarten Zeit, um siebzehn Uhr, schrillte die Hausglocke, Mechthildes zwei Möpse liefen aufgeregt bellend und winselnd zur Haustür, und als Mechthilde eine junge Frau einließ, wurde diese von den Hunden stürmisch umsprungen. Erst als die Möpse ihre gewohnten Leckerlies und Streicheleinheiten von der Besucherin erhalten hatten, konnte auch Mechthilde ihre Kundin begrüßen, sie tat es sehr herzlich, beinahe familiär. Dann half sie Frau Heinrich, so hieß die Kundin, aus ihrer weißen, feinen Daunenjacke und hing sie auf einen Bügel in die kleine Garderobe.

Frau Heinrich, eine Stewardess, gehörte einer Dieburger Fastnachtsgruppe an, die sich „Die Globetrotter", nannte. Schon seit vielen Jahren nähte Mechthilde für diese Gruppe die Kostüme.

Frau Heinrich kam, immer noch von den Hunden umtanzt, in die Werkstatt, wo Agnes sie begrüßte und ihr dienstbeflissen ein fertiges Kostüm überreichte.

„Es ist wirklich sehr gelungen, Frau Heinrich", erlaubte sie sich zu erwähnen.

Frau Heinrich nickte gnädig, ging mit dem Kostüm in den kleinen Umkleideraum und zog flüchtig den Vorhang zu. Kurz darauf erschien sie wieder und musterte sich kritisch im großen Standspiegel. Sie betrachtete, sich hin und her wendend, das lange, blonde Haar hochhaltend und sich den Schwanenhals verdrehend, auch ihre Rückenansicht. Frau Heinrich sah in dem Matador-Kostüm umwerfend aus. Die weißseidene Bluse mit den weiten Ärmeln, die reich mit Pailletten handbestickte schwarze Weste und die enganliegende, schwarze Lederhose saßen perfekt an ihrem gertenschlanken Körper. Morgen, bei der letzten Anprobe, würden feine Lederstiefel und ein edler Sombrero das Kostüm vervollständigen. Mechthilde war zufrieden mit ihrer Arbeit und sagte es ihrer Kundin auch.

„Nun ja, Mechthilde", musste Frau Heinrich einwenden, „aber wenn ich mich drehe, siehst du? Dann wirft die Weste Falten. Ich denke, da könnte noch etwas weg, nur ein wenig. Auch die Hose sitzt an der Hüfte und der Taille nicht wirklich gut, auch da müsste noch gut ein halber Zentimeter weg, nicht wahr? Die Blusenärmel sind etwas zu lang, das geht gar nicht, Mechthilde. Wenn ich mit meinem Mann morgen zur Anprobe seines Stierkostüms komme, dann ist das bestimmt erledigt. Bis dahin ist ja noch genug Zeit."

Nachdem Mechthilde die entsprechenden Stellen mit Stecknadeln markiert hatte, verschwand sie wieder in der Umkleidekabine und Mechthilde setzte sich wortlos auf einen Stuhl. Sie schloss für einen Moment die Augen, um einen Wutanfall zu unterdrücken. Als Frau Heinrich mit dem Kostüm über dem Arm wieder erschien und es Agnes reichte, hatte sie sich wieder gefangen.

Sie begleitete ihre Kundin, die wieder von den Möpsen lebhaft umsprungen wurde, hinaus in den Flur und half ihr lächelnd, ihr Lächeln wirkte allerdings etwas maskenhaft, in ihre dicke Daunenjacke.

„Also bis Morgen um die gleiche Zeit, Mechthilde. Noch einen schönen Feierabend zusammen", sagte Frau Heinrich und verließ, unbeeindruckt vom etwas abgekühltem Verhalten ihrer Schneiderin, würdevoll das Haus. Als die Haustür hinter ihr zugefallen war, schimpfte Mechthilde mit ihren Hunden. „Könnt ihr euch nicht benehmen, ihr Rasselbande? Ab mit euch in die Küche und keinen Mucks mehr, verstanden!"

In der Werkstatt stand Agnes, das Matador- Kostüm immer noch über dem Arm, und schaute ihrer Chefin ratlos abwartend entgegen.

„Du hast es gehört, Agnes", meinte Mechthilde, ein müdes, resigniertes Lächeln lag auf ihrem Gesicht. „Zieh die Seitennähte der Weste auf, sei aber vorsichtig, der Stoff ist arg empfindlich, vor allem das Futter. Dann trenn den Hosenbund ab und die Außennähte auf. Die Ärmelbündchen trenn ich selber auf, dann werden wir es schon noch hinkriegen."

„Aber was ist mit dem Stier? Morgen kommt ihr Mann zur Anprobe und ich habe gerade damit angefangen. Außerdem muss ich auch mal relativ pünktlich nach Hause, mein Mann meckert schon, weil er mich überhaupt nicht mehr sieht und zu Hause alles liegenbleibt."

Mechthilde atmete tief durch, dann meinte sie: „Weißt du was, Agnes, wir lassen den Quatsch, wenn die Zicke ein Hemd unterzieht, was beim Umzug auch dringend nötig sein wird, dann merkt sie es gar nicht. Wir machen für heute Schluss, geh nach Hause und ruh dich aus."

Nadja, Mechthildes sechszehnjährige Tochter, schaute zur Werkstatt herein. „Hast du mein Katzenkostüm nun endlich angefangen, Mama?", fragte sie, und als ihre Mutter nur still den Kopf schüttelte, meinte sie ärgerlich: „Wieder nicht. Aber dieses Jahr besteh ich drauf, da muss ich es haben. Es ist immer das gleiche, Mama, für alles und für jeden hast du Zeit, nur nicht für mich!"

Agnes verabschiedete sich hastig, nicht dass am Ende doch noch was dazwischenkam. Auch Yusuf, der tüchtige Zuschneider, wurde heute nicht zum längeren Bleiben aufgefordert, was selten genug vorkam.

Nadja fühlte sich zu Recht vernachlässigt, vor allem in dieser Jahreszeit, wo ihre Mutter kaum noch aus der Werkstatt herauskam. Ihr Vater ließ sich, seit sie in die neue Wohnung gezogen waren, nicht mehr hören und sehen. Sie vermisste ihn, klar, aber es war besser so, denn wenn er ausrastet, was nicht selten vorkam, dann ging nicht nur das Mobiliar und das Porzellan zu Bruch, da musste auch die Mutter einiges einstecken.

Außer Laura, mit der sie schon im Sandkasten gespielt hatte, hatte Nadja genaugenommen keine richtige Freundin oder ein Hobby, außer das Naschen von Schokolade vielleicht und das Backen, jetzt in der Vorweihnachtszeit vorrangig das Ausprobieren von Plätzchen-Rezepten. Das blieb natürlich nicht ganz ohne Folgen, Nadja war ein etwas pummeliger Teenager mit hübschem, stets gelangweiltem Gesicht, blassblauen Augen und blondem, bis über den Rücken glattfallendem Haar. Sie war ein wenig faul, oder besser gesagt, sie wusste die Vorteile eines Einzelkindes, noch dazu von getrennten Eltern, und das schlechte Gewissen ihrer Mutter auszunutzen. Im Prinzip setzte sie alles bei ihr durch, so auch mit ein wenig Hartnäckigkeit das Katzenkostüm, von dem sie sich viel versprach.

Sie war mit der Mutter im Stofflager des Darmstädter Staatstheaters gewesen, Mechthilde durfte dort immer noch günstig einkaufen, und hatte in der schier unbegrenzten Auswahl an Stoffen, Kunstfellen, Lederimitaten und Accessoires geschwelgt. Schließlich hatte sie sich für ein rotblond-gestreiftes Katzenfell entschieden, obwohl die Mutter meinte, es sei nicht besonders vorteilhaft für sie.

Heute Abend aber brühte Mechthilde früher als sonst den Tee auf. Nadja half ein paar Brote zu schmieren und zu belegen, sie setzte dabei ihr beleidigtes „Ich-armes-vernachlässigtes-Kind-Gesicht" auf. Schließlich meinte sie schmollend: „Du weißt genau, Mama, dass ich mir zu Weihnachten nur das Katzenkostüm wünsche. Weiter nichts."

Mechthilde lächelte nachsichtig und zündete am Adventskranz auf dem Tisch zwei Kerzen an. „Aber das weiß ich doch, Liebes", meinte sie besänftigend. „Keine Sorge, heute Abend nehmen wir uns zwei dein Kostüm vor."

Es wurde spät, als das Katzenkostüm, bestehend aus einem langärmeligen Body mit angeschnittenen Beinen, im Rücken einen langen Reißverschluss, Gestalt angenommen hatte. Jetzt brauchten nur noch die Pelzbesätze am Halsausschnitt und an den Ärmel- und Beinenden angeheftet und der Schwanz, den Nadja ganz alleine genäht hatte, angenäht werden. Die Fellkappe mit den aus dünnem Silberdraht verstärkten Ohren war fast fertig, Nadja stülpte sich das vorgeheftete Teil schon einmal probeweise über ihren runden Blondkopf und fand es geil.

Am Fastnachtsdienstag kamen schon am Vormittag zu Fuß oder mit Bussen hunderte gut gelaunter Fastnachter in die Karnevalshochburg Dieburg und bevölkerten die drei Kilometer lange Strecke, auf der der Fastnachtsumzug durch die Innenstadt ziehen würde. Sie vertrieben sich bis zum Beginn des Umzugs, um 13 Uhr 11, die Zeit mit Scherzen und Glühwein- oder heißen Tee trinken. Wenn irgendwo das Dieburger Fastnachtslied, „Diebursch, Diebursch üwwer alles" oder „Ja, mer sinn halt amool närrisch", erscholl, breitete es sich wie ein Lauffeuer in den dicht gedrängten Straßen und Gassen des hübschen Fachwerkstädtchens aus und verhallte nur zögerlich darin.

Auch Mechthilde hatte sich beizeiten mit ihrer Freundin Konstanze und anderen Bekannten einen guten Platz am Rathausplatz gesichert, von dem aus man die Umzugswagen gut sehen und ihnen zujubeln konnte. Ins besonders auf die Fastnachtsgruppe „Die Globetrotter", deren Kostüme sie genäht hatte, war Mechthilde gespannt. Nadja, ihre Tochter, sah sie in der Nähe, inmitten einer Gruppe lärmender Jungendlicher, sie schien sich gut zu amüsieren, ihr Lachen war gelegentlich deutlich herauszuhören. Mechthilde freute es, das Kind sollte mit Gleichaltrigen Spaß haben, was ihrer Meinung nach viel zu selten war. Das Katzenkostüm war nach mehrmaligen Änderungen ganz passabel geworden, Nadja sah darin, entsprechend geschminkt, mit einem Felljäckchen, warmen Strümpfen und mit halbhohen Absätzen versehenen Stiefeln - eigentlich wollte Nadja welche mit hohen Absätzen, aber Anbetracht der Dauer des Umzugs konnte sie ihr die ausreden- wie eine niedliche, etwas gefräßige Hauskatze aus.

Der Rathausplatz füllte sich schnell mit prächtig kostümierten Fußgruppen und fantasievoll geschmückten Umzugswagen, man konnte jetzt schon sehen, dass die Besucher auch dieses Mal wieder voll auf ihre Kosten kommen würden.

„Die Globetrotter" aber waren die schönste Gruppe von allen, das fand nicht nur Mechthilde. Sie war am Rosenmontag während der Prinzenpaar-Sitzung mit dem Orden des bestkostümierten Dieburger Karnevalsvereins ausgezeichnet worden, woraufhin man sie, Mechthilde, von ihrem Platz weg hinauf zur Bühne getragen und als Schneiderkünstlerin mitgefeiert hatte. Mechthilde hatte es bei dem stürmischen Applaus Tränen des Stolzes in die Augen getrieben, aber als sie den Mann in den vorderen Sitzreihen entdeckte, der nicht applaudierte, sondern sie nur spöttisch angrinste, war ihr der Spaß vergangen. Es war ihr cholerischer Ex-Mann, Bertram Schweiger, gewesen.

Auch jetzt stachen die Globetrotter mit ihren rassigen Matadoren, die jauchzend ihre Sombreros und roten Tücher in der kalten Winterluft schwangen, und ihre Stiere mit den imposanten Hörnern, -es waren welche aus dem Archivar des Darmstädter Staatstheaters- aus den hundertelf Zugnummern, traditionell jedes Jahr die gleiche Anzahl, hervor. Sie waren die absolut schönste und originellste Gruppe, dies bestätigten auch Mechthildes Bekannte und ihre Freundin Konstanze.

Der Zug setzte sich mit der Prinzengarde, die mit Trommelwirbeln und Trompeten den Ton angaben, in Bewegung, gefolgt vom Prinzenwagen, von dem das junge, sympathische Prinzenpaar huldvoll herab winkte und lächelnd mit vollen Händen Bonbons in die jubelnde und begeistert „Äla! Äla!" rufende Menge warf.

Als sich der Zug langsam entfernte und sich das rhythmische Trommeln und Rufen abschwächte, folgte ihm vor allem das Jungvolk. Die anderen verschwanden nach und nach hauptsächlich in den Cafés oder Restaurants rund um den Rathausplatz oder den einmündenden Gassen. Ihre Tochter sah Mechthilde nicht mehr, sie mochte wohl mit der jugendlichen Horde hinter dem Zug hergelaufen sein und die liegengebliebenen Bonbons aufsammeln, das gehörte dazu. Mechthilde und ihre Freundin zogen es vor, sich zügig in eins der Cafés am Rathausplatz zu begeben, wo man sich aufwärmen und plaudernd, bei gefüllten Kräppeln und Kaffee den Beginn des Kehraus, der traditionell in der Römerhalle stattfand, abwarten konnte. Da würde ihr sicher auch Nadja wieder über den Weg laufen.


Erst am nächsten Tag gegen Mittag, als sie Nadja zum Katerfrühstück holen wollte, bemerkte Mechthilde ihr unberührtes Bett, Nadja war nicht da, sie war gar nicht nach Hause gekommen. Nach dem ersten Schreck nahm Mechthilde an, dass sie bei ihrer Freundin Laura, die ein paar Straßenzüge entfernt wohnte, übernachtet haben musste. Dagegen war nichts einzuwenden, die Mädchen kannten sich seit der Kindergartenzeit und gingen in dieselbe Klasse, aber das musste sie vorher wissen.

Es war weit nach Mitternacht gewesen, als sie heimkam, sie hatte sich mit Konstanze ein Taxi genommen. Sie hätte nochmal nach Nadja schauen müssen, unbedingt, aber irgendwie ging sie davon aus, dass sie längst in ihrem Bett lag und schlief, schließlich war sie noch nie ohne Absprache außer Haus geblieben, schon gar nicht des nachts. Sie war gleich ins

Bett gegangen und hatte bis in den späten Morgen hinein wie ein Stein geschlafen.

Mechthilde rief Konstanze, ihre Freundin und die Mutter von Laura an, aber Nadja war nicht da. Laura erinnerte sich nur daran, dass sie Nadja zuletzt auf dem Umzug gesehen habe, danach nicht mehr.

Von Sorge und schlechtem Gewissen geplagt, setzte sich Mechthilde ins Auto und fuhr in das knapp drei Kilometer entfernte Dieburg hinüber. Die Straßen waren noch nicht gestreut und ziemlich glatt, nur wenige Autos waren unterwegs. Bei einer Ampel übersah sie einen von rechts kommenden Wagen, der noch bei hellrot mit ordentlichem Tempo in die Hauptstraße einbog, beinahe hätte es gerumst, erschrocken schimpfte sie hinter dem rücksichtslosen Verkehrsrowdy her. In Dieburg fuhr sie langsam durch die stillen Straßen und Gassen, feuchte Konfettis, Pappteller und Plastikbecher zeigten, wo gestern unter dem Jubel der Zuschauer der Fastnachtszug durchgezogen war. Als ihr plötzlich ein Unikum von einem Kehrwagen den Weg versperrte und Müllmänner die Hinterlassenschaften des gestrigen Großereignisses wegräumten, glaubte Mechthilde verrückt zu werden, ihre Nerven lagen blank. Sie wich in eine schmale Einbahnstraße aus, egal, undspähte in die einmündenden Gassen und angrenzenden Parkanlagen. Wo sie nur sein mochte bei der Kälte? Ihr Kostüm hielt verhältnismäßig warm, jedenfalls für einige Stunden, aber keineswegs bei einer frostigen Nacht. Nadja musste etwas zugestoßen sein, das wurde für Mechthilde mehr und mehr zur Gewissheit. Vielleicht wurde sie entführt und man hielt sie irgendwo gewaltsam fest, sie war ja ein kleines, naives Hascherl. Ihr unberechenbarer Ex- Mann fiel ihr ein, ihm traute sie jede Gemeinheit zu. Er war ja auch am Montag auf der Prinzenpaarsitzung gewesen.

Mechthilde schlug die Richtung zum Ortsende ein, wo an der Schnellstraße nach Darmstadt das Polizeipräsidium liegt.

Zu dieser frühen Stunde, es war kurz vor eins, saß ein junger, unausgeschlafener Beamter an der Anmeldung. Ihm berichtete Mechthilde hastig und kurzatmig, dass ihre Tochter Nadja gestern beim Dieburger Fastnachtsumzug gewesen und ganz gegen ihre Gewohnheit nicht heimgekommen sei, und dass ihr Ex-Mann dahinter stecken könnte, ja musste. Er war ein polizeibekannter Randalierer, wegen seiner unberechenbaren Wutausbrüche musste die Polizei, als sie mit ihm noch verheiratet war, öfter kommen und ihn beruhigen. Selbst nach der Trennung hatte er ihr noch aufgelauert, sie bespitzelt und belästigt, so dass sie ihre Telefonnummer ändern und sogar umziehen musste. Er war am Montag in Dieburg gewesen, sie hatte ihn gesehen, und sicher war er auch gestern beim Umzug da, er musste dahinterstecken. Das Jugendamt hat ihm den Umgang mit seiner Tochter untersagt und das ist jetzt seine Retourkutsche. „Er hat sie entführt, Herr Wachtmeister", meinte sie eindringlich flehend. „An seiner Tochter liegt ihm im Grunde nichts, er will nur mich damit treffen! Sie müssen zu ihm fahren, Herr Wachtmeister, und meine Tochter befreien! Sofort!"

„Nicht so eilig, junge Frau", meinte der Polizist aufreizend ruhig. „Vielleicht sagen Sie mir erst einmal ihren Namen?"

Mechthilde nannte beschämt ihren Namen, sie hatte ganz vergessen, ihn zu nennen. „Zunächst sollten wir bei ihren Bekannten und Verwandten oder auch in den Krankenhäusern nachfragen, Frau Köhler", meinte der Polizist und unterdrückte ein Gähnen. „Wissen Sie, heute ist Aschermittwoch, da ver-

16

schwinden schon mal junge Leute kurzfristig. Vielleicht hat ihre Tochter dies und jenes ausprobiert und nicht vertragen, junge Leute nutzen an Fastnacht schon mal ihre Freiheiten aus. Erst heute Morgen mussten wir zwei sturzbesoffene Burschen aus der katholischen Kirche herausholen und in die Ausnüchterungszelle bringen, wo sich gerade ein Arzt um sie kümmert. Warten wir doch erst einmal ab

„Meine Tochter", fiel Mechthilde ihm ungeduldig ins Wort, „ist sechzehn Jahre alt, ihr wird so gut wie nie schlecht, sie hasst den Alkohol und verabscheut das Kiffen, sie ist nur mit einem Fastnachtskostüm bekleidet und seit gestern Nachmittag nicht mehr gesehen worden. Worauf wollen Sie denn noch warten?"

„Na, schön, wenn es Sie beruhigt rufen wir ihren Ex- Mann an. Wie war doch gleich sein Name und seine Telefonnummer?" Der Polizist seufzte ergeben und griff zu Notizblock und Bleistift.

„Er heißt Bertram Schweiger und wohnt in Darmstadt, wo genau weiß ich nicht und es interessiert mich auch nicht. Seine Adresse und seine Nummer müssten hier bestens bekannt sein bei den Auffälligkeiten, die er sich andauernd leistet. Ein solcher Mensch ändert sich doch nicht!"

Mechthilde spürte die gleichgültige Überheblichkeit des Beamten, der Mann nahm sie nicht ernst, sie hätte vor ohnmächtiger Entrüstung schreien mögen.

„Wissen Sie was", meinte sie in erzwungener Ruhe, „sagen Sie mir einfach nur seine Adresse, ich fahre selbst hin."

Der Beamte schaute die erregte Frau stirnrunzelnd an und meinte besänftigend: „Keine gute Idee, Frau Köhler, die Straßen sind glatt und der Wetterbericht hat Schnee angesagt. Gut, meinetwegen, ich werde ihren Mann anrufen, dann werden wir sehen."

Mechthilde beobachtete, wie er auf der Tastatur seines Computers herum tippte, dann mit aufreizend gleichgültiger Miene zum Telefonhörer griff und wählte. „Guten Morgen, Herr Schweiger", meldete er sich kurz darauf im leutselig geschäftigen Tonfall. „Entschuldigen Sie bitte die Störung, aber Ihre Ex-Frau ist hier, sie macht sich große Sorgen wegen Ihrer gemeinsamen Tochter."

Mechthilde verzog ob des freundlichen Tons des Beamten verächtlich die Mundwinkel, der aber fuhr ungerührt fort: „Sie ist gestern nach dem Besuch des Dieburger Fastnachtsumzuges nicht nach Hause gekommen. Die Frage ist nun, ist ihre Tochter bei Ihnen, Herr Schweiger?"

Der Beamte lauschte kurz in den Hörer hinein, nickte dann zustimmend, nahm ihn vom Ohr und schaute Mechthilde fragend an. „Ihr Ex-Mann will gleich rüberkommen und bei der Suche helfen, Frau Köhler. Das ist Ihnen doch recht, oder?"

„Dieser scheinheilige Bastard. Er soll nur kommen, wenn er Nadja entführt hat, bring ich ihn um."

„Jetzt beruhigen wir uns erst einmal, Frau Köhler. Glauben Sie mir, neunundneunzig Prozent der vermissten Jugendlichen kommen von ganz alleine zurück, und zwar völlig unbeschadet, aber hungrig und mit dickem Kopf. Ihre Tochter ist in der Pubertät, glauben Sie mir, Frau Köhler, da kommt sowas schon mal vor."

„Und das restliche Prozent?", wollte Mechthilde gereizt wissen. „Was ist mit dem?"

18

Als Bertram Schweiger eintraf, ein etwas kräftiger, durchaus sympathischer Typ, verlor sie bei seinem eher harmlosen Auftreten vollends die Fassung. Sie beschuldigte und beschimpfte ihn und er wiederum warf ihr vor, dass ihr der berufliche Erfolg, die Freunde und selbst die Hunde wichtiger seien als die Tochter.

Schließlich ermahnte der junge Polizist beide zur Ruhe und zu dem, was jetzt angesagt ist, nämlich die Suche nach dem vermissten Mädchen.

Nun, Nadja gehörte nicht zu den neunundneunzig Prozent Vermissten, die von alleine heimkommen, auch wenn sie das liebend gern getan hätte.


Während des Umzugs hatte sie sich inmitten des Freundeskreises möglichst nah bei Felix Gottlieb, ihrem heimlichen Schwarm, aufgehalten, er sah in seinem Piratenkostüm einfach umwerfend aus, fand sie. Sie wollte, dass auch er sie sah und sie ihm gefiel, aber Felix hatte nur die hübsche Lisa Kaufhold im Visier. Sie sah in ihrem raffinierten Zigeunerkostüm noch toller aus wie sonst, und sie machte Felix unübersehbar schöne Augen. Nadja hatte schnell aufgegeben, nichts hatte genützt, ihr Lächeln nahm er gar nicht wahr, höchstens mit Unverständnis, und auch nicht ihr wirklich gelungenes Katzenkostüm, das sie eigens für ihn haben wollte.

Enttäuscht und traurig blieb sie zurück und sammelte die auf der Straße, zwischen Luftschlangen und Konfetti liegengebliebenen Bonbons in den für den Zweck mitgebrachten Beutel. Überall lagen Unmengen an unappetitlicher Pappteller und Kunststoffbecher herum.

Nur einer war bei ihr geblieben und half ihr beim Einsammeln der Bonbons, nämlich Richard, genannt Ritschi, der jüngste Sohn des Bäckermeisters Wohlfahrt. Er steckte in einem Bärenkostüm, worin er nicht besonders spektakulär, man könnte sagen etwas plump aussah.

Richard war ein schüchterner Junge, er verehrte Nadja schon seit Langem, was ihr, Nadja, anscheinend verborgen blieb, nicht aber seinen Freunden. Auch wenn sie ihn hänselten und behaupteten, Nadja wäre mollig und hätte allzu stramme Waden, fand er sie süß und reizend, besonders heute in ihrem Katzenkostüm. Aber während des Umzugs hatte er mit ansehen müssen, dass ihre sehnsüchtigen Blicke und ihr Lächeln einem anderen galten, nämlich dem feschen Felix Gottlieb. Gegen Felix konnte er natürlich nichts ausrichten, er war ein Mädchenschwarm, wo immer er auftauchte, ihm flogen die Mädchenherzen reihenweise zu. Ganz offensichtlich auch das von Nadja Schweiger, was ihn ziemlich weh tat. Als er sah, wie sie enttäuscht und traurig zurückblieb, konnte er sie gut verstehen. Während er half ihren Beutel mit Bonbons zu füllen, plapperte er, um sie zu trösten und abzulenken, allerlei Ungereimtheiten daher, bis sie ihn unwirsch anfauchte: „Lass mich in Ruhe, Ritschi! Warum bist du nicht bei den anderen!"

„Och", Richard war ein wenig verlegen geworden. „Weißt du, Nadja, ich dachte, wir könnten zusammen eine Tasse Kakao trinken? Irgendwo, vielleicht im Café Stiegler? Ich lad' dich dazu ein."

„Okay, von mir aus", hatte Nadja hauptsächlich zugestimmt, weil ihre neuen Stiefel drückten und es ihr ein wenig kalt geworden war. Sie waren zum Rathausplatz zurückgeschlendert, auf dem noch vereinzelte Gruppen standen und herumalberten, und dann in eine Seitengasse gebummelt, wo sich das gemütliche, derzeit aber überfüllte Café Stiegler befindet. Sie waren trotzdem hineingegangen und hatten noch zwei mit Jacken behangene Stühle entdeckt, die man ein wenig unwillig für sie freiräumte. Im Café war es arg warm gewesen, Nadja hatte ihr Felljäckchen ausgezogen, über die Stuhllehne gehängt, ihre Katzenfellmütze in den Nacken gestreift und sich gesetzt. Richard, dem es in seinem Bärenfell auch warm wurde, hatte den Reisverschluss aufgezogen und sich ihr gegenüber niedergelassen. In Nadjas Begleitung hatte er sich wie ein Eroberer gefühlt, der eine Festung erstürmt hatte. Als die Bedienung kam, hatte er zwei große Tassen Kakao bestellt und gleich bezahlt, und als das mit einem Schaumhäubchen gekrönte und nach Schokolade duftende Getränk vor ihnen auf den Tisch stand, hatte er glücklich zugeschaut, wie Nadja mit sichtlichem Wohlbehagen davon schlürfte.

„Weißt du, Nadja", hatte er, all seinen Mut zusammennehmend, gemeint, „Lisa ist ein echt tolles Mädchen." Er hatte kurz und gespannt ihre Reaktion abgewartet und dann, als sie ihn nur interessiert anschaute, hinzugefügt: „Aber deshalb will man sie noch lange nicht zur Freundin. Wenn du verstehst, was ich meine?"

„Hm." Nadja hatte ihre Tasse abgestellt, auf ihrer Oberlippe war ein feiner, weißer Schaumbart zurückgeblieben, was ihr ein allerliebstes, katzenhaftes Aussehen gab, und heftig entgegnet: „Ach, weißt du, Ritschi, das ist mir sowas von egal. Felix ist für mich gestorben. Er interessiert mich nicht mehr, er ist Luft für mich, und Lisa auch."

Ihre blauen Augen aber straften sie der Lüge, sie schwammen in Tränen, die langsam ihre Wangen hinab kullerten. Nadja schniefte und streifte die Tränen mit einer ungeduldigen Handbewegung weg, wobei sich ihre Schminke heillos verwischte. Richard reichte ihr mitfühlend ein Tempo.

Dann hatte Nadja mit abwesendem Blick den Schneeflocken zugeschaut, die sich draußen auf das Fenster setzten und schnell wegschmolzen, oder sich auf dem Pflaster der Gasse zum grauen Schneematsch gesellten. Es fing an dunkel zu werden.

Richard wollte ihr etwas Tröstliches sagen, aber nichts, was man nur so daher sagt. „Weißt du, Nadja", hatte er, ihr ernst in die traurigen Augen schauend, gemeint, „wer sich in dich verliebt, der tut es für immer. Ganz bestimmt, das kannst du mir glauben."

„Hm", Nadja musste ein wenig lächeln, dann hatte sie sich mit Richards Tempo energisch die Nase geputzt und gemeint: „Weißt du was, Ritschi, das ist das Netteste, was je einer zu mir gesagt hat. Danke für den Kakao und dass du vorhin bei mir geblieben bist, das war wirklich sehr nett. Aber jetzt geh ich besser, die neuen Stiefel drücken arg und mir reicht's auch sonst für heute."

„Gut, Nadja, ich komme mit." Richard, nachdem er den Reißverschluss seines Bärenfells zugezogen hatte, half ihr fürsorglich in ihre Katzenfelljacke. Sie streifte sich ihre Katzenkappe über den Blondkopf, dann waren sie gegangen.

„Wir nehmen die Abkürzung an der Gersprenz entlang", hatte Richard draußen vorgeschlagen. „Es ist noch hell genug und außerdem sind dort bestimmt noch Leute unterwegs."

Danach hatte sie keiner mehr gesehen, außer vielleicht vereinzelte kleine Gruppen oder Paare, die ihnen auf dem besagten

Weg, der nah der Gersprenz durch Weiden und Äcker verläuft und nur von Einheimischen benutzt wird, begegneten. Aber niemand hatte besonders auf sie geachtet.

Es dunkelte bereits, ein paar Schneeflocken taumelten durch die kalte Luft, von Dieburg her begleitete sie auf ihrem Weg nach Hause verhaltenes Lachen und Musik. Richard erzählte von seinem Vater, der es gern gesehen hätte, wenn einer seiner drei Söhne in die Bäckerei eingestiegen wäre. „Ein Traditions-unternehmen wie das unsere bedeutet Verpflichtung und Ver-antwortung", machte er den etwas vorwurfsvoll, strengen Ton-fall seines Vaters nach, der seine Söhne allerdings nicht davon abhielt, eigene Wege zu gehen. Richard wollte zum Beispiel Zirkusartist werden, er konnte jetzt schon mit Anlauf über fünf zusammengerückte Stühle einen Salto machen und auf den Händen fast so sicher laufen, wie auf den Beinen, behauptete er. Nadja verstand das gut, sie wollte ja auch keine Schneiderin werden, nur weil die Mutter eine war. Aber das mit dem Salto über fünf Stühle und auf den Händen laufen, das kaufte sie Ritschi nicht ab, da übertrieb wohl ein bisschen. Und als Ri-chard ihr ungläubiges Lächeln sah, da wollte er es ihr gleich an Ort und Stelle beweisen, er machte auf dem eiseskalten Weg einen Handstand und lief auf den Händen über die kleine Brü-cke, bei der sie gerade vorbeikamen, sie führte zum beliebten Mühlen-Ausflugslokal hinüber. Nadja klatschte begeistert in die Hände, was man freilich wegen ihrer dicken Handschuhe nicht hören konnte, und rief begeistert: „Bravo, Ritschi! Bra-vo!" Das erfüllte ihn mit Stolz und spornte ihn zu noch kühne-ren Kunststücken an. Das hölzerne Brückengeländer mit sei-nem dicken Handlauf eignete sich hervorragend dafür. Richard

23

schwang sich hinauf, machte probeweise einen Handstand und, weil der viereckige Balken schön griffig war, balancierte er auf den Händen darauf entlang. Er hielt kurz inne, hörte unter sich das dunkle Wasser leise glucksen und neben sich Nadjas flehende, erschreckte Rufe. „Komm runter, Ritschi! Es reicht! Ich glaub' dir ja!" Sie hatte Angst um ihn, sie mochte ihn, das fühlte sich gut an. Es war nur noch ein kleines Stückchen bis ans Ende des Geländes. Eine Kleinigkeit.

Aber dann sah Nadja, wie er ausrutschte und mit einem heiseren Aufschrei in der schwarzen Tiefe verschwand, sie hörte unten ein Aufklatschen. Zu Tode erschrocken beugte sie sich über das Geländer. „Ritschi!", rief sie ins Dunkel hinab und versuchte etwas zu erkennen. „Ist dir was passiert?"

Durch das leise Gluckern des Wassers war ein Stöhnen zu hören.

„Warte, Ritschi, ich komme!" Schon lief sie ans Ende der Brücke und rutschte eilig die steile, etwa drei Meter hohe, mit Buschwerk bewachsene Böschung hinunter. Undeutlich sah sie Richards Kopf über dem seichten Wasser aufragen.

„Ich komme, Ritschi, ich helf dir raus! Nur einen Moment!"

Nadja ließ den Beutel mit den Bonbons fallen und watete mit voller Montur ins eisige Wasser, sofort spürte sie die kalte Nässe durch ihre Stiefel und an ihren Beinen empor dringen. Sie fasste Richard von hinten unter die Achseln und zerrte ihn ans Ufer. Richard stöhnte dabei, er war anscheinend außerstande, mit den Füßen mitzuhelfen.

Am Ufer ließ sich Nadja erschöpft vor einem Baumstamm, auf den vereisten Boden fallen, Richard, tropfnass, landete auf ihren Schoß und den Beinen.

24

„Geschafft", flüsterte sie. „Wir sind gerettet, Ritschi. Wie kannst du auch so leichtsinnig sein?" Dann war ein Weilchen nur noch ihr keuchender Atem zu hören.

„Ritschi", wollte sie dann wissen, „kannst du aufstehen oder dich neben mich setzen, damit ich Hilfe holen kann? Du bist schwer wie ein Eisblock."

Richard antwortete nicht, aber dann hörte sie ihn ganz deutlich, mit leiser Stimme sagen: „Das wollte ich dich immer mal fragen, Nadja, ob du mitkommen willst, wenn ich zum Zirkus gehe? Wir werden dann in einem eigenen Zirkuswagen wohnen, du wirst für alle Zirkusleute, vom Direktor bis zum Tierpfleger, gefüllte Kräppeln backen und ich werde im Zirkuszelt die kühnsten Kunststücke vorführen. Ich werde berühmt sein, Nadja, und du wirst meine Zirkus-Glücksfee sein. Wir werden ein wunderbares Leben zusammen haben und die ganze Welt bereisen. Kommst du mit, Nadja? Bitte, versprich mir, dass du mitkommst."

Die letzten Worte hauchte er nur noch, aber Nadja konnte sie verstehen.

„Natürlich komme ich mit, Ritschi, aber ich friere so entsetzlich, alles ist so eiseskalt. Kannst du nicht aufstehen?"

Sie wollte aufstehen, aber sie schien festgefroren zu sein. Sie wollte um Hilfe rufen, aber aus ihrem klammen Mund kamen nur Wimmerlaute.

„Bitte, bleib noch ein bisschen, Nadja", hörte sie Richard leise, aber deutlich sagen, „und lass dir erzählen, wie es sein wird, später, wenn ich ein berühmter Artist und Zirusclown bin und du meine liebe Frau. Wir werden glücklich sein, Nadja, sehr, sehr glücklich. Das verspreche ich dir."

Nadja hörte ihn kaum, aber sie verstand ihn, sie schlang ihre Arme um seinen Hals und weinte. „Meine Beine sind ganz taub, Ritschi, und meine Finger tun so furchtbar weh", jammerte sie zitternd. „Ich friere so entsetzlich."

Niemand war auf der Brücke zu sehen, kein einziges Geräusch war zu hören, die eisige Luft und die Dämmerung schienen alles aufzusaugen.

Als der Tod vorbeikam, musterte er das Paar, welches sich ihm so hübsch präsentierte, und schüttelte den Kopf. Er zog aus der großen, schwarzen Umhängetasche ein Laptop hervor und stellte, mit seinen Knochenfingern darauf herum tippend, mit frostiger Stimme leicht amüsiert fest: „Viel zu früh, meine Herrschaften, das hat noch Zeit. Ordnung muss sein."

Er sah den Mann, der auf die Brücke zugeeilt kam, sah, wie er auf ihr stehenblieb und lauschte, er hatte das eigenartige Wimmern unter der Brücke vernommen. Er sah, wie sich der Mann über das Geländer beugte, zurück lief und die Böschung hinabkletterte, um nachzusehen.

Der Tod nickte zufrieden und eilte davon, er hatte heute noch einige unaufschiebbare Termine zu erledigen.

Der erwähnte Mann beugte sich über das junge Paar, das bleich und friedlich, so als würde es schlafen, auf der frostigen Böschung, halbsitzend an einem Baum lehnte. Es musste beim Umzug gewesen sein, denn das Mädchen, das hin und wieder ein Wimmern hören ließ, trug ein Katzenkostüm. Es hatte wie schützend die Arme um den Hals des Burschen gelegt, der schwer auf ihrem Schoß und ihren Beinen lastete. Der Bursche

26

steckte in einem Bärenfell, froststarr, so als wäre er gerade aus dem Bach gekommen. Die beiden mussten wohl im Finstern vom Weg abgekommen sein, nahm der Mann an.

Nadja bemerkte es kaum, wie sie von ihrer Last befreit, hochgehoben, die Böschung hinauf und zum Ausflugslokal hinübergetragen wurde. Erst als sie ausgezogen auf einer Couch trockengerubbelt wurde und ihre Hände und Füße furchtbar zu kribbeln begannen, kam sie in die schmerzliche Wirklichkeit zurück. Sie stöhnte und jammerte zum Herzerweichen.

„Wo ist Ritschi?", wollte sie zwischendurch wissen.

„Deinem Freund geht es den Umständen entsprechend gut", wurde sie von einer gemütlich aussehenden, etwas molligen Frau beruhigt. Nadja wurde in eine warme Decke gepackt, jemand strich ihr besänftigend über den Scheitel und eine mütterliche Stimme meinte: „Wenn mein Mann nicht nochmal nach dem neugeborenen Fohlen hätte sehen wollen und euch dabei gefunden hätte, nun, dann wärt ihr beide wohl jetzt im Himmel."

Ein großer, kräftiger Mann schaute ihr über die Schulter und meinte tadelnd: „Freu dich, kleines Fräulein, dass du überhaupt noch was spürst. Ein wenig später und es hätte dir nichts mehr weh getan. Wie heißt du denn?"

„Nadja", flüsterte Nadja. „Ich heiße Nadja." Dann schlummerte sie trotz des Kribbelns in den Beinen und Händen, das unmerklich schwächer wurde, erschöpft und geborgen ein.


Man ließ sie schlafen, bis sie am nächsten Tag gegen Mittag von selbst aufwachte. Sie fühlte sich gut und ausgeruht, und als sie mit fremden, warmen Sachen angetan im Gästeraum des

Ausfluglokals saß, vor sich auf dem Tisch ein Frühstück, von dem locker hätten zwei satt werden können, ein Krug heiße, frische Milch, ein großes Glas Orangensaft, in einem Korb dunkle Brotscheiben, Butter, Käse, Wurst und ein weichgekochtes Eier, da verspürte Nadja plötzlich einen Wolfshunger und griff herzhaft zu. Dann fiel ihr Richard ein und sie erkundigte sich kauend nach ihm.

„Er hat eine schlimme Nacht hinter sich", erfuhr sie vom fürsorglichen Wirtspaar. „Wir mussten den Notarzt rufen, der ihn in das Krankenhaus bringen ließ. Aber nun sag uns erst einmal deinen Nachnamen, damit wir deine Eltern benachrichtigen können. Den Namen deines Freundes brauchen wir natürlich auch."

„Armer Ritschi", meinte Nadja besorgt. Sie nannte seinen Namen und den ihren.

Wenig später kam Mechthilde, der man die Aufregung von heute Morgen noch deutlich ansehen konnte, und bedankte sich bei den Wirtsleuten für ihre Mühe. Sie wollte für die entstandenen Kosten aufkommen, aber die braven Wirtsleute wollten nichts davon wissen. „Die Hauptsache ist doch", meinten sie, „die jungen Leuten erholen sich rasch von ihrem Abenteuer."


Im Krankenhaus musste man Richard den großen Zeh am rechten Fuß abnehmen, er war nicht mehr zu retten gewesen, und eine schwere Lungenentzündung behandeln. Außerdem hatte er ein leichtes Schädel-Hirn-Trauma und Rippenprellungen davongetragen.

Auch Mechthilde, Nadjas Mutter, überstand die Aufregung um ihre Tochter nicht ohne Folgen, sie musste mit einem Nervenzusammenbruch ins Dieburger Krankenhaus gebracht werden. Die Ärzte dort glaubten allerdings, der Zusammenbruch könnte auch die Folge eines Burnouts sein.

Bertram Schweiger bekam dies alles nicht mit, denn ihm war der Umgang mit seiner Frau und vor allem mit seiner Tochter Nadja gerichtlich untersagt. Nachdem er von der Rettung seiner Tochter erfahren hatte, war er zurück nach Darmstadt, in seine einsame Zweizimmerwohnung gefahren.

Zwar hatte er die Trennung von seiner Familie nie ganz verwinden können, aber er musste einsehen, dass man vieles kitten kann, aber nicht einen im Jähzorn verübten Schlag oder eine unbedachte Beleidigung, selbst wenn man es hinterher noch so sehr bedauerte und es ungeschehen machen möchte. Es stimmte schon, er war furchtbar eifersüchtig gewesen, wenn seine Frau mit Freunden ausging. Ihm selbst lag nichts an feuchtfröhlichen Geselligkeiten, und wenn seine Frau irgendwann in der Nacht beschwipst und heiter von einer Fete oder einem Open-Air-Konzert heimkam, dann konnte es passieren, dass er Rot sah. Das war schlimm, okay, aber die Strafe dafür war doch zu heftig gewesen, fand er. Er musste ausziehen und durfte sich bis auf Weiteres seiner Familie nicht mehr nähern.

Früher war er in der Dieburger Vollzugsanstalt als Wärter angestellt gewesen, ein guter Job, aber als er unzuverlässig wurde, da hatte er seine Arbeit verloren Einmal musste er sogar selbst wegen einer Schlägerei, es ging um die Ehre seiner Frau, ein paar Tage einsitzen. Aber als ihm der Gefängnispsychologe, Herr Krusemann, dem er sehr vertraute und der ihn immer noch regelmäßig besuchte, in Darmstadt eine Zweizimmerwohnung und in einem Kaufhaus eine Stelle als Nachwächter vermittelte, ging es wieder aufwärts mit ihm. Er musste vierzehn Nächte Dienst schieben und hatte jede dritte Woche frei. Das war nicht gut, denn zu viel Freizeit ließ ihn allzu viel über glückliche Zeiten grübeln, die er durch seine eigene Schuld verspielt hatte, unwiederbringlich. Dann fühlte er sich überflüssig und lief Gefahr in den alten Schlendrian zurückzufallen. Nicht einmal die eigenwillige Katze Mira, eine Streunerin, die ihn als Partner und Versorger auserkoren hat und an der er sehr hing, konnte dann seine Schwermut vertreiben.

Und dann stand eines schönen Tages plötzlich seine Tochter Nadja vor der Tür und sagte fröhlich und unbefangen: „Hallo, Papa!" Er glaubt zuerst an eine Erscheinung, seit Monaten hatte er sie nicht mehr gesehen. Sie spazierte herein, schaute sich ein wenig missbilligend in dem unordentlichen Wohnraum um und entdeckte Mira, die es sich auf ihrem Lieblingssessel, auf den darauf liegenden Klamotten bequem gemacht hatte. Nadja streichelte ihr zärtlich über das rötliche, etwas verfilzte Fell, zog ihre Jacke aus, legte sie über den Sessel und schaute ihren Vater, der ihr verblüfft gefolgt war, ein wenig mitleidig an. „Wie geht's denn so, Papa?", fragte sie

„Hallo, Nadja!" Fast brachte er vor freudiger Überraschung keinen Ton heraus. „Toll, dass du da bist. Danke, mir geht es gut. Hoffentlich auch dir und deiner Mutter. Weiß sie, dass du hier bist."

„Sie macht gerade eine Kur im Taunus, die Hunde sind bei Konstanze und Laura. Ostern kommt sie wieder, solange werde ich mich ein wenig um dich kümmern, Papa. Das scheint ja echt nötig zu sein, nicht wahr? Kann ich bei dir schlafen?"

Sie konnte, natürlich, Bertram hätte alles für sie getan. Er bot ihr sogar sein Bett an und wollte auf dem Sofa nächtigen, was Nadja ablehnte. „Danke, Papa, das Sofa tut's auch", meinte sie.

„Was ist mit der Schule, Nadja?", fiel Richard ein. „Du wirst sie doch nicht schwänzen?"

„Alles geregelt, Papa. Bis Ostern mache ich hier, gleich um die Ecke im Eiscafé ein Praktikum, da kann ich mich wunderbar um dich kümmern. Im Sommer dann trete ich in Dieburg, bei Bäckermeister Wohlfahrt, den du ja kennst, eine Bäcker- und Konditorlehre an."

Sie verlangte nach einem Glas Wasser und als sie es getrunken hatte, meinte sie unternehmenslustig: „Also, wo fangen wir an? Am besten in der Küche!"

Als sie dort die leeren Konservendosen und den Berg schmutzigen Geschirrs auf der Spüle stehen sah, meinte sie entschlossen: „Wo ist das Spülmittel und der Schwamm, Papa? Während ich hier versuche klar Schiff zu machen, kannst du schon im Wohnzimmer die schmutzige Wäsche und die leeren Flaschen zusammenräumen, die Pfandflaschen sortier aus, die können wir hernach beim Einkaufen einlösen. Wenn wir uns einen Überblick verschafft haben, werden wir uns was Anständiges kochen."

Mit der Ruhe und dem Müßiggang war es zwar vorbei, aber Bertram fügte sich gern in das strenge Reglement seiner Tochter. Er wusste nun, womit er seine freie Zeit verbringen würde, nämlich mit Einkaufen, Waschen, Bügeln, Putzen und mit Aufräumen. Nadja bestimmte seinen Tagesablauf, und wenn sie am Abend gemütlich vorm Fernseher hockten, sich Witze und Geschichten erzählten und dabei Nüsse knackten, konnte er sich nichts Schöneres vorstellen. Auch Mira, die sich anfangs nicht mehr sehen ließ, weil es ihr zu ungemütlich geworden war, gewöhnte sich allmählich an die neuen Begebenheiten, schließlich und endlich hatten die auch unübersehbare Vorteile. Zum einem durfte sie weiterhin auf ihrem gewohnten Lieblingssessel schlafen, sogar mit einer eigenen Kuscheldecke darauf, zum anderen war ihr Napf nun regelmäßig mit leckerem Katzenfutter gefüllt und letztendlich, was auch nicht zu verachten war, wurde sie jetzt des Öfteren gestriegelt und gestreichelt.

Bevor das Praktikum zu Ende ging und sich Nadja verabschieden musste, versprach sie, sich nun regelmäßig zu melden und vorbeizuschauen. Sie nahm ihrem Vater das Versprechen ab, sich mit Mama an einem neutralen Ort zu treffen und sich mit ihr vernünftig auszusprechen. Schließlich seien sie erwachsen und, im Vertrauen gesagt, schließlich litt Mama genauso unter dem Zerwürfnis wie er.


Richard wurde wieder gesund und ganz der Alte, voller ungebremster Tatkraft und Eigenwillen. Nach der Schule ging er zum Bedauern seiner Eltern nach Berlin und besuchte dort eine berühmte Artistenschule, und als er nach drei harten Jahren zurückkam, heirateten Nadja und er. Nadja hatte inzwischen bei seinem Vater, Bäckermeister Wohlfahrt, eine Bäcker- und Konditorlehre abgeschlossen und den Gesellenbrief in der Tasche, Bäckermeister Wohlfahrt hatte schon die begründete Hoffnung gehegt, dass sie eine würdige Nachfolgerin für seine Bäckerei abgeben könnte. Das hätte vielleicht auch geklappt, wenn sie nicht ihrem Mann gefolgt wäre, der bei einem berühmten Zirkus ein Engagement bekam. Der fehlende, große Zeh an seinem rechten Fuß behinderte ihn nicht, im Gegenteil, er baute ihn sehr erfolgreich in viele seiner lustigen Tricks und Kunststücke ein.

Bäckermeister Wohlfahrt und seine Frau mussten es hinnehmen und akzeptieren, dass Richard ein Zirkusclown wurde. Nadja begleitete ihren Mann überall hin, sie bangte um ihn, wenn er unter der Zirkuskuppel seine komischen, waghalsigen Kunststücke zeigte und freute sich mit ihm, wenn er mit Lachsalven und Applaus belohnt wurde. Sie selbst war mit ihren gefüllten Kräppeln bei der Zirkuscrew und den Zirkusbesuchern bald fast so bekannt und beliebt, wie Ritschi, der Clown.

Auch Richards Eltern und Geschwister wurden, je berühmter der Sohn und Bruder mit seinen atemberaubend artistischen und komischen Kunststücken wurde, ungemein stolz auf ihn. Er hatte auf seinen Weg bestanden und war seiner Bestimmung gefolgt, auch wenn ihrer Meinung nach es ein allzu verwegener und ungewisser Weg war. Sie wurden allesamt glühende Zirkusfans und besuchten, wann immer es ihnen möglich war, die Vorstellungen, in denen Ritschi, der Clown, seine besondere Kunst darbot.

Wenn Mechthilde am Sonnabend in die Bäckerei kam, um ihre Sonntagsbrötchen zu holen, dann fanden Bäckermeister Wohlfahrt und seine Frau immer Zeit, um mit ihr über ihre besonderen Kinder zu philosophieren. Jedermann im Geschäft bekam dann mit, dass sie es schon immer gewusst und das nötige Vertrauen in sie gesetzt hatten, um sie ihrer Wege ziehen zu lassen, sie haben sie stets darin bestärkt, ermutigt und unterstützt. Je mehr Zeit verging, desto mehr glaubten sie es selbst, zumal, als in Person eines fleißigen Lehrlings ein potenzieller Nachfolger für die Bäckerei heranreifte. Mechthilde, ihr Mann Bertram und die Wohlfahrts zeigten sich gegenseitig die Post- und Ansichtskarten, die sie gelegentlich erhielten und beispielsweise der Eifelturm, der Zuckerhut, die Pyramiden von Gysi oder die Akropolis zu sehen waren. Eines Tages war das Bild eines kleinen, niedlichen Clowns darauf zu sehen, es war Fredy, ihr Enkelsohn.

Nur noch selten ließen sich Nadja und Richard zu Hause, bei ihren Familien blicken, für sie war der Zirkus zur Heimat geworden.

Sie hatten ein langes, glückliches und interessantes Leben, genauso wie es damals, als sie dem Tod so nahe waren, Richard versprochen hatte.

# Das fremde Kind.

Wo immer du bist, was immer du tust

Zwei Jahre nach dem Unglück wagte sich Isolde das erste Mal an den Ort zurück, in dem das Unfassbare geschah. Seitdem, nun schon seit acht Jahren immer im August, fährt sie nach Andalusien, zu dem auf einen Felsen liegenden Städtchen. Sie nimmt in der „Alten Stadt" immer im gleichen, bescheidenen Hotel das selbe, schlichte Zimmer, von dessen Fenster aus man über die verwitterten, rostroten Ziegeldächer des Städtchens, bis hin zu den Olivenhainen und den grünen Hügeln von Granada schauen kann. Sie liebt diesen Blick und fürchtet ihn zugleich.

Tagsüber schlendert sie durch dieselben engen Gassen, die sie auch damals mit ihrer Familie gegangen war. Sie wandert stundenlang treppauf und treppab und kennt inzwischen jeden Pflasterstein und jede Stufe. Sie betrachtet die Auslagen der Souvenir- und Feinkostläden, in denen es immer noch andalusische Weine und landestypische Backwaren zu kaufen gibt, in einer kleinen Werkstatt werden immer noch Kleinmöbel mit handwerklich kunstvollen Intarsien hergestellt und verkauft, die Zeit scheint hier stillzustehen. Noch immer beleben an den Nachmittagen Touristen die engen Gassen, sie setzen sich auf der Plaza Duquesa an die Tische vor den Cafés und Restaurants, in die Schatten der Zypressen und bestellen Cappuccino, Salate und Fisch.

Wenn sich Isolde vor dem Café Desperado auf einen der Metallstühle niederlässt und ihren Cappuccino schlürft, wundert sie sich über die Unbefangenheit der Leute, die müßig vorüberschlendern und unbeschwert lachen und scherzen. Sie wundert sich über den Gleichmut der Einheimischen, die den Touristenstrom mit heroischer Ruhe ertragen und das Beste daraus machen. Spüren sie nicht die Schwere dieses Ortes, das Verhängnis, das über ihm lastet?

Wie schon in den vergangenen Jahren geht sie in den Abendstunden, wenn im Ort die gewohnte Stille einkehrt, zur „Neuen Brücke". Auf dem Schild davor ist zu lesen, dass sie im 18 Jahrhundert erbaut wurde, ein Verbotsschild für Fahrzeuge jeglicher Art ist dazugekommen, nur Fußgänger dürfen die Brücke passieren. Ein zusätzlicher Schutz war nicht auf der Brüstung angebracht worden, man konnte, wenn man sich ein wenig darüber beugte, in die knapp hundert Meter senkrecht abfallende Schlucht hinab schauen. Die Schlucht trennt die sogenannte „Altstadt" mit den verwinkelten Gassen und der Jahrhunderte alten Stierarena, vom jüngeren Stadtteil mit ihren moderneren Häusern und Bungalows,

Wie jeden Tag betrachtet Isolde auch heute das Rinnsal des Rio Guadalevín, tief unten in der Schlucht, um diese Jahreszeit führt er gewöhnlich wenig Wasser. Sie betrachtet die in den Stein gehauenen, schmalen Stufen hinunter und den daneben verlaufenden Eisenlauf, der Halt bieten soll. „Ich muss hinuntersteigen", denkt sie auch heute. „Morgen werde ich es ganz bestimmt tun."

Dann geht sie langsam durch die engen Gassen und Treppen zurück zu ihrem Hotel, macht sich in ihrem Zimmer frisch und begibt sich hinunter in den Innenhof. Auch hier hat sich nichts geändert, er wirkt anheimelnd und privat, wenn auch die Palmen in den Kübeln, die ringsum an den alten Mauern stehen, größer geworden sind. Nur einige Hotelgäste sitzen an den Tischen. Der Tisch an der Mauer, an dem Isolde am liebsten sitzt, ist frei, sie nimmt an ihm, auf einen der mit Sitzkissen belegten

Stühle Platz. Nichts hatte sich hier verändert, selbst die grün-rot-karierten Tischdecken schienen dieselben zu sein, nur der junge, freundliche Kellner war relative neu. Der, als er sie sieht, begrüßt sie zuvorkommend, zündet das Windlicht auf ihrem Tisch an und fragt nach ihren Wünschen. Er weiß, was der stille Gast aus Zimmer 12 bestellen wird, einen Salatteller mit Schrimps und ein Glas halbtrockenen Weißwein. Das auf dem offenen Grill köstlich duftende, zarte Steak und das Hammelfleisch ignoriert sie beharrlich. Alle Mitarbeiter im Hotel kennen sie und ihre Geschichte und respektieren sie. Auch die Hotelgäste bemerken schnell, dass die melancholisch wirkende, hübsche Frau allein sein will. Man lässt sie im Allgemeinen in Ruhe.

Nach dem Abendessen geht Isolde wie gewohnt hinauf in ihr Zimmer und schaut eine lange Weile träumend über die rostroten Dächer des Städtchens, dem Tag nach, der einen letzen Schein auf sie und die Hügel von Granada wirft. Sie liebt dieses milde, vergehende Licht, es schenkt ihr ein klein wenig Frieden, aber sie fürchtet die endlose Nacht ohne Schlaf, die darauf folgt.

Wenn die Lichter der Straßenlaternen und in den Fenstern der Stadt ausgehen und es im kleinen Hotel still wird, dann ruft sie ihren Mann Rudolf an, er wartet darauf und würde erst schlafen gehen, wenn sie sich gemeldet hat. Die ersten Male war er mitgekommen, aber dann nicht mehr. Er findet es nicht gut in offene Wunden zu stochern, meint er.

Die Nacht ist sehr lang, wenn die Gedanken, die Erinnerung kommen und keinen Schlaf zulassen. Und wenn Isolde doch einmal einnickt, dann ist es kein guter Schlaf, dann kommen die Bilder von damals zurück, die sie quälen.

Nie hatte Rudolf ihr einen Vorwurf gemacht, in all den Jahren nicht, und doch hatte sie seine unausgesprochenen Fragen und die stille Anklage gespürt. Für ihn lebte Mareike, genauso wie für sie, ihre Tochter war spürbar gegenwärtig. jeden Tag, besonders an ihrem Geburtstag, den 27.11., an Weihnachten und an Ostern. Mareike beherrschte das Tun und Denken ihrer Eltern und ihres ein Jahr jüngeren Bruders Reinhard, er war damals dabei gewesen und hatte das Trauma nie verwinden können, zumal die Erwachsenen nicht dazu bereit waren. Mareikes Zimmer blieb unverändert, so wie sie es damals verlassen hatte. Kein Plüschtier, kein Buch wechselte je seinen Platz, ein Buch lag noch aufgeschlagen auf ihrem Bett. Nichts wurde entfernt, auf ihrem Tisch lagen noch ihre Buntstifte und ein Zeichenblock mit einer halbfertigen Zeichnung darauf. Mareike bestimmte, was gegessen und getrunken wurde, Tomatenspagetti mit Käse mochte sie besonders gern. Und als sie imaginär zu einem schönen, klugen Mädchen herangewachsen war, überlegten sich die Eltern, was einem Teeny gefallen und schmecken könnte. An besonderen Tagen wurden raffinierte Salate, Bolognese, feines Gemüse usw. zubereitet.

Das Unglück aber wurde nie erwähnt, auch die Urlaubsfotos von damals waren unauffindbar verschwunden.


Mareike war fünf Jahre alt gewesen und Reinhard vier, als sie mit ihrer Mutter und den Großeltern nach Costa del Sol fliegen durften. Rudolf, ihr Vater, arbeitete zu der Zeit am Frankfurter Flughafen als Flugoperator. Er konnte leider nicht mitfliegen, aber er besorgte für seine Familie ermäßigte Flugtickets, brachte sie zum Flughafen und verabschiedete sich von ihr in einen der Terminals, nicht ohne vorher seine Frau ermahnt zu haben, gut auf die Kinder aufzupassen und sich jeden Tag zu melden.

Die Ferienwohnung der Großeltern lag in einer gepflegten Ferienanlage, im dritten Stock eines Apartmenthauses. Das Apartment hatte einen geräumigen, gut ausgestatteten Wohnraum, ein schönes Marmorbad, zwei Schlafzimmer und eine Einbauküche mit allem Pipapo, ein Toaster, eine Kaffeemaschine, eine Mikrowelle und so fort. Opa wusste gleich, was er während des Aufenthaltes kochen würde und Oma war es recht, auch wenn das Aufräumen danach Frauensache sein würde. Denn da musste sich Opa um die technischen Dinge kümmern, um die Digitalkamera beispielsweise, um die Objektive und dergleichen, davon verstanden nun mal die Frauen nichts. Bei seinen Frauen hatte er da nicht ganz unrecht.

Vom kleinen Balkon des Wohnraumes aus konnte man die Parkanlage mit den weiträumigen Liegewiesen und den Pools überschauen, zwischen anderen mehrstöckigen Apartmenthäusern schimmerte verlockend das blaue Meer, wenn es still war, konnte man die Brandung hören. Die Kinder lugten gern durch das schmiedeeiserne Gitter hinunter zu dem künstlich angelegten Bach mit den Stegen und dem Wasserfall, hinter dem ein Spazierweg verlief.

In Málaga waren sie zur Burg hinaufgefahren und hatten dort vom Aussichtsplateau aus zur Stadt hinabgesehen, zu der großen Stierkampfarena und dem Hafen mit den Containerschiffen und Booten. Opa war nicht müde geworden in den buntesten Farben von der Zeit zu erzählen, als die Burg noch bewohnt war und die Stadt von Piraten und sonstigen Eroberern bedroht wurde, er fand in seinen Enkeln sehr aufmerksame Zuhörer. Sie waren durch den verwilderten Park hinunter in die Stadt gewandert, hatten dabei die Burgmauern mit den Aussichtstürmen bestaunt und in die von Unkraut umwucherten, zum Teil verschütteten Brunnen geschaut.

Auf den Weg nach Gibraltar sahen sie schwarze, riesige Stiermonumente aus Eisen aus der Landschaft ragen, die wohl auf die spanische Stierkampf-Tradition hinweisen mochten oder auf die vielen hervorragenden Steak-Restaurants, von denen es hier viele gab. In Gibraltar waren sie mit der Seilbahn den atemberaubenden Felsen hinaufgefahren. Oben konnten sie im Dunstschleier die afrikanische Küste sehen und die Schiffe, die die Meerenge durchquerten. Sie hatten die frechen Äffchen, die hier ganz offensichtlich Hausrecht hatten, fotografiert. Eine Affenmutter, die auf einem Felsen saß und sie gelassen musterte, verbarg in ihrem Schoß ein Affenbaby, nur das winzige, niedliche Köpfchen war davon zu sehen. Mareike, als sie es entdeckte, war außer sich vor Freude gewesen.

Opa hatte fleißig fotografiert, um diese wunderbaren Eindrücke einzufangen. Für die Ewigkeit.

Sie hatten Stunden am Strand verbracht und als es ihnen dort zu lebhaft wurde, hielten sie sich lieber im weitläufigen Park auf. Während sich die Großen unter den Sonnenschirmen rekelten, erkundeten die Kinder mit anderen Ferienkindern den Park mit seinen Tieren, den kleinen Schildkröten zum Beispiel. Sie lernten unter der Aufsicht ihrer Mutter in einem der Pools das Schwimmen.

Zwei Tage vor der Heimreise war ein Ausflug in das maurische Dorf Ronda geplant. Es hieß, Ronda liege in den Andalusischen Bergen, auf einem hundert Meter hohen Felsplateau und sei eine besondere Attraktion. Ronda muss man gesehen haben, hieß es.

Selbst für Opa, der als Kundendiensttechniker an lange Autofahrten gewöhnt war, war die Fahrt auf der kurvigen Strecke durch die bewaldeten Berge anstrengend gewesen. Im Kofferraum lag die Digitalkamera, die bei keinem Ausflug fehlen durfte.

In Ronda ließen sie sich vom besonderen Flair dieses alten, maurischen Städtchens gefangen nehmen. Sie waren treppauf und treppab durch enge, gepflasterte Gassen und steinerne Stadttore gebummelt, hatten von einer der drei steinernen Brücken, die sich malerisch über die Elja- Schlucht spannten, erschauernd in die Tiefe geschaut und danach in den kleinen Souvenirlädchen nach Andenken Ausschau gehalten. Mareike entdeckte ein ledernes Freundschaftsbändchen, das sie haben wollte, Opa spendierte es ihr, und Berti bekam einen kleinen Stier aus Holz, den seine Mutter sponserte. Opa kaufte noch für jeden einen Strohhut, die man gern aufsetzte, denn die Sonne kannte kein Erbarmen. Er fotografierte fleißig und fing herrliche Bilder von der grandiosen Landschaft und von seiner Familie ein.

Als die Beine schmerzten nahmen sie auf der Plaza Duquesa, vor einem Café, im Schatten einer Zypresse Platz. Die Großen bestellten Kaffee und Kuchen und die Kinder Fruchteis und Anisplätzchen, das hiesige Traditionsgebäck, das ihnen gut schmeckte. Es wurde Zeit für die Heimfahrt, sie würde bestimmt zwei Stunden dauern. Klein-Reinhard wollte von Oma wissen, ob man wieder auf dem steinigen, staubigen Weg zurückfahren würde, an der alten Stadtmauer entlang, sie hatte ihn offenbar sehr beeindruckt. Aber Oma war müde und meinte, es sei genug für heute, sie sollten jetzt lieber auf dem schnelleren Weg zurück nach Hause fahren. Aber vorschnell aufgeben war nicht Reinhards Ding, er fragte auch seinen Opa danach. Der war nun der Meinung, der staubige Weg zur Landstraße sei kein allzu großer Umweg, es sei doch sehr lobenswert, wenn sich ein kleiner Bub so für alte Bauwerke interessiere. Schließlich sei man nicht auf der Flucht.

Während Opa bezahlte, bemerkte Oma gegenüber, bei der maurischen Kirche, in die immer noch Touristen ein- und ausgingen, den ärmlich bekleideten Jungen, er mochte um die dreizehn Jahre alt sein. Er stand mit seinen drei mageren, struppigen Eseln im Schatten einer Zypresse und bot Rundritte an. Kaum jemand nahm Notiz von ihm, viel konnte er heute nicht eingenommen haben. Oma dauerte der arme Junge, deshalb fragte sie ihre Enkel spontan, ob sie, ehe sie die Heimreise antreten würden, mit den Eseln noch eine kleine Runde reiten wollen.

Mareike war sofort begeistert, die süßen Esel hatten es ihr angetan. Reinhard hingegen waren sie zu fremd und zu groß, er wollte nicht reiten. Opa handelte mit dem Jungen den Preis aus, eine Runde von zehn Minuten zwei Euro, das war okay. Oma drückte dem Jungen noch zusätzlich ein Trinkgeld in die magere, schmutzige Hand, er würde es gebrauchen.

Dann saß Mareike im Sattel eines der Grautiere und lächelte stolz auf ihre Familie herab. Als sich noch zwei Kinder einfanden, die auch reiten wollten, ging es los. Es war niedlich zu sehen, wie die kleine Gruppe langsam in die gegenüberliegende Gasse hineinritt und, zurückwinkend, darin verschwand.

Die Zurückgebliebenen setzten sich auf eine Bank, um die Rückkehr der Reitergruppe abzuwarten, Reinhard bekam zum Ausgleich für den nicht angetretenen Ritt ein Bananeneis und das Versprechen, auf dem staubigen Weg neben der alten Stadtmauer zurück zur Landstraße zu fahren. Man schaute in Richtung „Alte Brücke", wo der Junge seiner Aussage nach in ungefähr einer viertel Stunde mit seiner kleinen Reiterschar auftauchen sollte.

Die viertel Stunde verging und die Zurückgebliebenen wurden unruhig. Wo sie nur blieben? Was, wenn Mareike und die anderen Kinder nicht zurückkamen, wenn man sie entführt hatte? Wenn der fremde Junge einer Menschenhandel-Organisation angehörte? Der Orient war gerade gegenüber der Meerenge von Gibraltar, quasi einen Katzensprung entfernt. Wie konnten sie nur so leichtsinnig sein und sie einfach wegreiten lassen, mit einem wildfremden Jungen. Was sollten sie jetzt tun? Isolde Wegner und ihren Eltern wurden die Minuten zu Stunden, sie liefen mit Reinhard zur „Alte Brücke", über die die kleine Reitergruppe herkommen musste.

Da sahen sie auf der Brücke eine aufgeregt gestikulierende Menschenansammlung, die sich um den Jungen und den Eseln mit seinen Reitern versammelt hatte, Mareike war nicht zu sehen. Isolde fühlte, wie ihr das Blut aus dem Kopf strömte und ihr die Sinne schwanden. Eine barmherzige Ohnmacht ersparte ihr für den Moment das, was sie ahnte und nicht glauben und ertragen wollte.

Ihr Mann Rudolf wurde benachrichtig. Als er eintraf wurde er von einem Polizisten zum örtlichen Police-Office gebracht. Dort wurde ein sichtlich nervöser, junger Beamte geholt, der ein wenig deutsch verstand und sprechen konnte. Er versuchte das Unglück zu erklären. „Der Esel, auf dem sein Kind saß", berichtete er bedrückt, „sei direkt neben der steinernen Brüstung gelaufen. Plötzlich habe er gescheut und sich erschrocken aufgebäumt, dabei habe es das Kind über die Brüstung geschleudert, niemand konnte damit rechnen, konnte reagieren und eingreifen, es war ein entsetzliches Unglück. Ein Augenzeuge sagte aus, dass er glaube einen Skorpion gesehen zu haben, der zwischen dem Brückengeländer entwischte, er könnte zu dem Aufbäumen des Maultiers und dem furchtbaren Unglück geführt haben. Der ganze Ort ist geschockt und in Trauer, so ein Unglück hatte es in dieser Stadt noch nie gegeben."

Rudolf wurde in die Pathologie, einem dafür eigerichtetem Kellergewölbe gebracht und musste dort seine Tochter identifizieren, soweit das nach einem Hundertmetersturz möglich war. Er erkannte sie an den sonnenlichten, braunen Haarsträhnen, an den zarten, blutig-zerschunden Gliedern und am Strohhut und den Sandalen, die man in der Nähe der kleinen Leiche gefunden hatte.

Dann verließen auch ihn die Kräfte, einer Ohnmacht nah wurde er hinausgebracht. Man reichte ihm ein Glas Wasser und fragte ihn, ob er Anzeige gegen die Gemeinde von Ronda oder gegen den Jungen und seine Familie, arme Saisonarbeiter ohne festen Wohnsitz, erstatten wolle. Schon lange wäre ein zusätzliches Gitter auf der Brüstung geplant gewesen, aber die Bürger von Ronda protestierten dagegen, es verschandele den mittelalterlichen Charakter der Brücke, meinen sie. Aber nun würde man das Versäumte umgehend nachholen. Der Vorstand der Gemeinde sei zutiefst betroffen über den Vorfall und werde, sobald seine Frau ansprechbar ist, persönlich ihr Bedauern und Mitgefühl aussprechen."

Rudolf war nicht in der Lage gewesen, eine Anzeige gegen wen auch immer zu formulieren. Er holte seine Frau vom Hospital ab und brachte sie in ein kleines Hotel in der Altstadt, wo seine Schwiegereltern bereits zwei Zimmer gemietet hatten. Sobald Mareikes Überführung geregelt war, fuhren sie nach Málaga und von dort mit dem Flugzeug nach Hause.


Trotz des Mitgefühls und des Zuspruchs der Verwandten und Bekannten, die sich zuerst rührend um sie sorgten, sich aber, je mehr sich die Familie Wegner zurückzog, rarmachten, trotz der Psychologen und des kirchlichen Beistandes, trotz der Selbsthilfegruppe für verwaiste Eltern, Isolde besuchte sie nur ein Mal, für ihre Familie lebte Mareike. In den Gedanken ihrer Eltern, vor allem ihrer Mutter, ging sie in die Schule, später aufs Gymnasium, sie lernte Geige spielen, ging in den Turnverein, machte bei der Schüler-Theatergruppe mit und ging später mit anderen jungen Leuten in die Diskos zum Tanzen.

Seit acht Jahren nun trieb es Isolde immer im August hierher, in diesen kleinen Ort auf dem Felsen, hier fühlte sie sich ihrer Tochter ganz nah. Wenn sie auf der Plaza Duquesa, vor dem Cafe Desperado unter den Zypressen saß, dann sah sie wieder den schäbig gekleideten Jungen, wie er mit seinen kindlichen Reitern, die Esel an den Leinen führend. in der Gasse verschwand. Sie hörte wieder den Hufschlag der Esel auf dem Kopfsteinpflaster klappern und sah ihr Kind, den Strohhut auf

46

dem Köpfchen heiter zurückwinken. Mareike liebte Tiere so sehr.

Aber dieses Mal war es anders, bemerkte Isolde mit Unbehagen, dieses Mal erwartete sie nicht wirklich, dass Mareike munter und vergnügt von ihrem Ritt zurückkehren und in ihrer lebhaften Art davon berichten würde, das machte ihr Angst. Rudolfs mahnende Worte fielen ihr ein, „Wir müssen zu einem normalen Leben zurückfinden", hatte er in letzter Zeit, ihr bittend in die Augen schauend, oft gemeint. „Zu einer Trauer, die man bewältigen kann. Das sind wir Reinhard und den Großeltern schuldig. Isolde. Zusammen schaffen wir das."

Isolde wurde klar, jetzt konnte die Trauer um Mareike, um ihr geliebtes, trotziges, eigenwilliges Kind, beginnen und deren Bewältigung. Das Leben würde wieder Besitz von ihr nehmen, jeden Tag ein klein wenig mehr.

Aber dann kam Mareike doch noch zurück.

Isolde war nun bereit, endlich in die schaurige Schlucht hinabzusteigen, zu dem Ort, wo ihr Kind starb, sie hoffte dort ihren Frieden zu finden. Noch am Vormittag sollte es sein, denn da waren kaum Menschen unterwegs und später würde sie wieder der Mut verlassen, befürchtete sie.

Noch waren keine Touristen zu sehen, auch keine Einheimischen, als sie mit dem Abstieg begann. Isolde war nicht ganz schwindelfrei und getraute sich kaum nach unten zu schauen, aber rückwärts steigend und sich am Eisenhandlauf festklammernd schaffte sie Stufe für Stufe.

Unversehens stand sie unten, auf sicherem, steinigem Grund und schaute sich aufatmend um. Die Sonne leuchtete die Schlucht bereits gut aus, nicht lange dann würde es hier, zwischen den hohen, senkrechten Felsen ziemlich düster sein.

Der Rio Guajaven führte wenig Wasser, nur ein Rinnsal gluckerte durch das Geröll und den Felssteinen, angewehte Plastiktüten, Papierfetzen und Getränkedose boten einen eher ernüchternden Anblick, zudem roch es ein wenig muffig. Isolde war froh, dass ihr Kind damals so schnell geborgen und nach Hause gebracht wurde.

Mit diesem tröstlichen Gedanken kletterte sie Stufe für Stufe wieder hinauf und befand sich schließlich wieder, erleichtert aufatmend auf dem festen Boden der steinernen Brücke. Sie ging zur Plaza Duquesa, wusch sich im Waschraum des Desperado Cafés die Hände und das Gesicht und setzte sich wie jeden Tag draußen an einen der Tische unter eine Zypresse. Sie bestellte wie gewohnt Kaffee und Anisplätzchen und fühlte sich so gut, wie lange nicht. Übermorgen würde sie die Heimreise antreten, gestärkt und getröstet. Sie war sich sicher, nun war sie bereit, ihrem toten Kind ein würdiges Andenken zu gewähren.

Isolde beobachtete, wie sich die Plaza langsam mit Touristen belebte, - als ihr plötzlich der Atem stockte. Ein Mädchen kam mit einem Fahrrad flott aus der gegenüberliegenden Gasse gefahren, just aus jener Gasse, in der damals der Junge mit seinen kindlichen Reitern verschwand. Sie trug ein geblümtes Sommerkleidchen, das ihr beim Fahren um die Beine wehte, darüber ein knappes, offenes Jeansjäckchen und auf dem Kopf einen luftigen Strohhut, unter dem sonnenbraunes, seidiges, schulterlanges Haar hervor flatterte.

„Mareike", durchfuhr es Isolde schmerzlich. Sie starrte das Mädchen wie eine Erscheinung an. Es stieg vor einem Blumengeschäft ab, schob das Rad in einen Fahrradständer und verschwand im Geschäft. Sie war es, jede Bewegung der zierlichen und doch kraftvollen, kleinen Gestalt verriet sie, und das lichtbraune Haar, das ihr wie damals lose auf die Schultern fiel. Isolde wurde es heiß und kalt, wie im Fieber, sie stand auf, legte einen Geldschein auf den Tisch und ging mit steifen Beinen, wie eine Traumwandlerin hinüber zum Blumenladen.

„Ich muss irgendeinen Vorwand finden und sie ansprechen", dachte sie. „Ich muss wissen, woher sie kommt und was sie macht.

Vor dem Blumenladen blieb sie unschlüssig stehen, sollte sie hinein gehen?

Gerade wollte sie es tun, als das Mädchen mit einem gebundenen, bunten Blumenstrauß herauskam und an ihr vorbei zu ihrem Fahrrad ging. Isolde blieb stehen, wandte sich langsam zu ihr um und flüsterte: „Mareike?"

Das Mädchen hielt inne, hob erstaunt die Brauen und fragte, sich Isolde zuwendend: „Sorry, kennen wir uns?"

„Ich glaube schon", hörte sich Isolde sagen. „Von früher. Ja. ich glaube, wir kennen uns."

„Wer sind Sie denn?", fragte das Mädchen und legte den Blumenstrauß in den Fahrradkorb. „Ist ihnen nicht gut?" Sie schaute Isolde besorgt an und kam zurück. „Sie sind ja ganz blass und wanken. Kommen Sie, setzen wir uns einen Augenblick auf die Bank dort. Oder soll ich Sie lieber nach Hause bringen? Wohnen Sie in der Nähe?" Sie fasste Isolde an den Schultern und führte sie zu einer Bank, worauf sie sich mit ihr niederließ.

Isolde war es ein wenig schummrig, sie zitterte am ganzen Leib und war sehr blass. „Danke", murmelte sie außer Stande, einen klaren Gedanken zu fassen.

„Ich heiße übrigens Ariane Toledo", hörte sie die muntere Stimme des Mädchens neben sich. „Mein Vater hat südlich der Stadt eine Stierzucht. Sie müssen mich wohl mit jemand verwechseln, Señora, nicht wahr? Geht es Ihnen wieder besser? Dario, mein Freund, hat heute Geburtstag, für ihn sind die Blumen. Außerdem hat Rosa, eine unserer Kühe, ein gesundes, männliches Kalb geboren. Wie wäre es, wenn Sie einmal bei uns vorbeikämen und es sich anschauten? Es ist mein Kalb, ich darf es benennen und aufziehen."

Isolde verstand kaum etwas von dem, was sie sagte, sie lauschte der lieben Stimme, die sie so gut kannte, und schaute in das junge, besorgte, vom Sonnenhut beschattete Gesicht, das ihr jetzt ganz nah war, und bemerkte auf der kleinen, geschwungenen Oberlippe ein unscheinbares Muttermal. Mareikes Muttermal.

„Ich muss jetzt heim, man wartet auf mich", meinte das Mädchen und stand auf. Es reichte Isolde, die gleichfalls aufstand, lächelnd die kleine, gebräunte Hand. Da entdeckte Isolde das schmale, lederne Bändchen an ihrem rechten Handgelenk, sie betrachtete es gebannt. Das Bändchen war zwar ausgebleicht und abgewetzt, aber zweifellos das Freundschaftsbändchen, das sie damals von ihrem Opa bekommen hatte.

„Ich lege es nie ab", meinte das Mädchen ein wenig verlegen und entzog Isolde ihre Hand. „Aber jetzt muss ich wirklich gehen. Ich würde mich freuen, wenn Sie einmal bei uns vorbeikämen, dann könnte ich Ihnen mein Kälbchen zeigen. Die Farm meines Vaters liegt südlich der Stierarena, es fährt mehrmals am Tag ein Bus vorbei. Jeder kennt die Stierfarm von Alfredo Toledo, man kann sie nicht verfehlen. Also, vielleicht bis bald, Señora. Adiós!"

„Adiós", murmelte Isolde und schaute dem Mädchen nach, wie es flott in die Pedale tretend, mit wehendem Kleid in der gegenüberliegenden Gasse verschwand.

Noch lange blieb sie sitzen und schaute zu der Stelle, wo sie eben verschwunden war. Es war Mareike, da gab es nicht den geringsten Zweifel, *Mareike war wieder da.* Langsam festigte sich diese Erkenntnis bei Isolde. Sie nahm ihr Handy aus der Handtasche und wählte mit zitternden Fingern Rudolfs Nummer. Als sie seine vertraute Stimme hörte, beruhigte sie sich ein wenig.

„Hallo, Rudolf! Wie geht es euch? Bitte sei so lieb und versuche meinen Flug umzubuchen. Geht das? Danke, Rudolf. Mach dir keine Gedanken, es geht mir gut, ich will nur ein paar Tage länger bleiben. Nein, nein, du brauchst nicht zu kommen, wirklich nicht. Grüße Reinhard und die Eltern von mir. Ich melde mich! Bis bald!"

Sie schaltete das Handy ab und legte es in die Handtasche zurück. Dann ging sie langsam, wie in einen Wattebausch gehüllt, zum kleinen Hotel, ihrem derzeitigen Domizil.

Der Bus fuhr an den beeindruckenden Mauern der Stierarena vorbei und nach der Stadt nah am steinigen Ufer des Rios Guadavins entlang. Das Flussbett hatte sich nach der Schlucht verbreitet und führte kaum noch Wasser.

Nach etwa zwei Kilometer hielt der Bus vor einer einsamen Haltestelle. Isolde stieg aus, legte sich den Riemen ihrer Handtasche über den Kopf und die Schulter und schaute den einmündenden, staubtrockenen Weg hinauf. Etwa fünfzig Meter entfernt sah sie ein aus kräftigen Stämmen gezimmertes Tor, dahinter niedrige Baumkronen und weiße Gebäude.

Isolde wischte sich mit einem Tuch die Stirn trocken, rückte ihre Sonnenbrille zurecht und machte sich auf den Weg. Vor dem Tor blieb sie stehen und betrachtete kurz den im darüber liegenden Querbalken eingebrannten, geschwungenen Schriftzug: *Alfredo Toledo, Stierzucht seit 1882*", las sie.

Gleich darauf stand sie in einem großen, penibel aufgeräumten Hof. In der brütenden, nachmittäglichen Hitze wirkte er verlassen, nur ein großzügig ummauertes Olivenbäumchen spendete spärlichen Schatten, ein klappriger, verstaubter Jeep stand daneben. Das stattlich wirkende, einstöckige Wohnhaus hatte kleine Fenster und ein flaches Dach, auf dem neben dem ziegelgemauerten Kamin zwei weiße, bauchige Wasserbehälter aufragten, seitlich davon befand sich eine gemauerte Außentreppe. Rechts wurde der Hof von einem niedrigen, langen

Stallgebäude mit kleinen, vergitterten Fenstern und einem dop-
pelttürigen Tor begrenzt. Aus dem linken Gebäude kamen
klopfende Geräusche. Isolde entschloss sich hineinzugehen.

Es war eine Art Schmiede, stellte sie sich umblickend fest.
Links an der grob getünchten Wand hingen eine Reihe Lanzen,
Speere und lange, blanke Holzstöcke mit Eisenwiderhaken. An
der angrenzenden, fensterlosen Wand hingen abgewetzte Pfer-
desättel und Lederriemen. Auf einen der Tische lagen fein säu-
berlich nach Größen geordnete Messer und Dolche, auf einem
anderen Tisch allerlei Werkzeug wie Zangen, Handbohrer,
Feilen in allen Größen und Stärken, in flachen, in Fächer unter-
teilten Holzkisten lagen verschiedene Nägel und Schrauben.
Isolde glaubte, sich in eine Folterkammer verirrt zu haben, zumindest in eine Werkstatt, in der Foltergeräte hergestellt und in
Stand gesetzt wurden, es war ihr ein wenig unwohl zumute.
Vor einem der kleinen, verstaubten Fensterchen sah sie einen
stämmigen Mann vor einem Amboss stehen, er trug eine
Schirmkappe, die er tief in die Stirn gezogen hatte. Er bearbei-
tete gerade eine Lanzenspitze, als er die Frau in der Tür bemerkte. Isolde schaute in ein sonnengegerbtes, bärtiges, gutmü-
tiges Gesicht.

„Buenos Dias", grüßte sie, inzwischen konnte sie sich ganz gut
auf Spanisch verständigen. „Entschuldigen Sie die Störung.
Mein Name ist Isolde Wegner. Ariane Toledo, sie wohnt doch
hier? Sie hat mich eingeladen. Wo könnte ich sie wohl finden?"

„Buenos Dias, Señora. Die kleine Senhorita ist mit meinem
Sohn Dario draußen beim Vieh, sie kontrollieren die Zäune.
Vielleicht wollen Sie hernach, wenn ich sie hole, mitfahren?

Sagen wir", er blickte auf seine Armbanduhr, „in einer halben Stunde?"

„Gerne", willigte Isolde ein und schaute dem Mann zu, wie er Lanze um Lanze und Speer um Speer von der Wand nahm, ihre Spitzen prüfte, wenn nötig sorgsam nachschliff und wieder an die Wand zurückhängte.

„Señor Toledo ist noch in der Arena", plauderte er dabei leutselig. „Dort werden heute Jungstiere angeboten, er will sehen, ob eins oder zwei davon für uns in Frage kommen. Sie müssen wissen, Señora, nur die temperamentvollsten und stärksten eignen sich für die Arena. Señor Toledo selbst war auch ein berühmter Matador, aber das ist schon eine Weile her. Jetzt trainiert er meinen Sohn Dario und andere begabte, junge Männer. Gegen Abend wird er zurücksein. Maria, unser guter Geist im Haus, ist sehr streng und legt großen Wert auf ein pünktliches Abendessen. Da macht sie bei Señor Toledo keine Ausnahme."

Als alle Lanzen, Speere und Stöcke in Reih und Glied an der Wand hingen, musterte er sie zufrieden und meinte: „So, das dürfte es gewesen sein, wir können fahren. Ich heiße übrigens Carlos."

Es war eine holprige Fahrt auf unbefestigten Wegen durch ein welliges Weideland. Auf kargen, mit groben Holzpfählen eingezäunten Wiesen sah man Rinder, Schafe und Ziegen, einige wilde Olivenbäume boten ihnen Schutz vor der glühendheißen Sonne. Da und dort befanden sich Wassertröge, in offenen Holz- oder Steinhütten sah man Krippen mit Futterheu. Der dunkle Saum eines Nadelwaldes war zu sehen.

54

Carlos hielt vor einem kräftigen Pfostenzaun, dahinter standen auf einer großen, sonnenversengten Weide etliche kräftige, dunkle Rinder mit ihren Kälbern und schauten gleichmütig zu ihnen herüber.

„Wo Rosa mit ihrem Kalb ist", lachte Carlos und stieg mit Isolde aus dem Jeep, „da kann unsere Ariane nicht weit sein. Wer sagt es, dort kommen sie schon."

Sie kamen über die Wiese auf sie zu, bei Mareikes Anblick machte Isoldes Herz einen freudig schmerzlichen Sprung. Sie steckte in einer abgetragenen Jeans und einem losem T-Shirt. Während sie bei einem der Kälbchen stehenblieb und es zärtlich kraulte, kam der Bursche, der bei ihr war, er mochte knapp zwanzig Jahre alt sein, an den Zaun. „Die Zäune sind soweit in Ordnung, Vater", vermeldete er. „Aber Rodrigo sagte, es hat wieder Ärger mit den Kojoten gegeben, ein Lamm sei wieder einmal gerissen worden. Er sagt, er brauche endlich einen zweiten Hund, Pepe sei nun zu taub und zu träge zum Hüten."

Er schaute die fremde Frau neben seinem Vater fragend an, sie schien sich offensichtlich sehr für die Rinder zu interessieren.

„Das ist Señora Isolde", stellte Carlos sie vor, ihren Nachnamen hatte er vergessen, aber der erschien ihm im Moment nicht so wichtig zu sein.

Isolde lächelte den hübschen Burschen an und reichte ihm ihre Hand. „Buenos Dias, Señor?", grüßte sie freundlich. „Ich habe gehört, Sie hatten Geburtstag? Meinen herzlichen Glückwunsch."

Dario lächelte zurück und zeigte dabei zwei prachtvolle Zahnreihen. „Danke Señora. Sie sind wegen der Kälber hier, nicht wahr?", fragte er zuvorkommend. „Unsere Kälber können sich dieses Jahr wirklich sehen lassen, sie sind durchwegs kräftig und munter. Das Jüngste ist gerade zwei Monate alt, es hat jetzt schon den Teufel im Leib. Wir werden es behalten, Ariane ist ganz vernarrt in es, wie man sieht."

Wie um dies zu demonstrieren, machte das Kälbchen einige übermütige Bocksprünge, Mareike lachte und lockte es wieder zu sich heran. Isoldes schaute ihr fasziniert zu.

„Ich glaube, Dario", stellte Carlos klar, „die Señora ist nicht allein wegen der Kälber da. Ariane hat sie eingeladen. „Ariane!", rief er dem Mädchen entgegen, das jetzt auch an den Zaun kam. „Du hast Besuch!"

Jetzt erkannte Ariane die Frau, die sie gestern in der Altstadt, auf der Plaza Duquesa getroffen hatte. „Hallo!", grüßte sie. „Geht es Ihnen wieder gut?"

Isolde fühlte sich wie im Traum, aus dem sie nicht aufwachen wollte. „Hallo!", grüßte sie mit belegter Stimme. „Ich dachte, da ich bald heimreisen werde, komme ich schon heute vorbei, um mich für deine gestrige Hilfe zu bedanken. Das war wirklich sehr freundlich von dir. Es war wohl der Kreislauf, die große Hitze macht mir manchmal zu schaffen. Aber danke, es geht mir wieder gut. Ich heiße übrigens Isolde."

Ariane reichte der Fremden ihre kleine, schmutzige Hand, Isolde hielt sie fest und schaute gebannt in das junge, vom Muster des Strohhutes beschattete, wunderhübsche Gesicht, in Mareikes Gesicht. Die kleine, keck geschwungene Nase, die dunklen, lebhaften Augen, das gewinnende Lächeln, dazu die grazile Gestalt, für Isolde hatte sie sich überhaupt nicht verändert. Es war geradeso, als wäre sie nur kurz weggewesen.

„Kommen Sie", riss Mareikes klare Stimme sie aus ihrem Bann. „Ich zeige Ihnen mein Kälbchen, es ist so süß und braucht unbedingt einen passenden Namen. Vielleicht haben Sie eine Idee, Señora, wie es heißen könnte?"

Es war wirklich ein überaus süßes Kalb, Isolde näherte sich ihm vorsichtig und getraute sich sogar, ihm ihren Handrücken hinzuhalten. „Es ist ganz bezaubernd", meinte sie. „Wie alt ist es denn?"

„Zwei Monate", erwiderte Mareike stolz, sie hockte sich vor das Kälbchen und schaute ihn sein niedliches Gesicht. „Und es hat noch immer keinen Namen, der ihm gerecht werden könnte."

„Es ist ein kleines Wunder, wie wäre es also mit Wanda?", schlug Isolde vor.

Mareike schüttelte lächelnd den Kopf. „Es ist ein kleiner Stier", erklärte sie, „und soll einmal in der Arena kämpfen, vielleicht mit Dario. Aber bis dahin ist noch eine Menge Zeit."

Die Sonne stand schon tief im Horizont, die Temperatur war erträglich geworden, als sie, eine Staubwolke hinter sich aufwirbelnd, zurück zur Farm rumpelten. Als Carlos in den Hof einfuhr, stand ein gepflegter Mercedes-Oldie vor dem Haus, einige Männer standen unter dem Olivenbaum. Sie unterbrachen ihre Unterhaltung und schauten ihnen entgegen.

Carlos parkte den Jeep neben dem Mercedes und stieg mit seinen Beifahrern aus. „Buenos noches", grüßte er die Männer. „Alles gut gegangen heute, Michele?"

„Buenos noches, die Senhoritas und Señores", grüßte Michele burschikos, seinem selbstbewusstem Auftreten nach musste er der Vorarbeiter oder etwas ähnliches sein, vermutete Isolde. „Aber sicher", meinte er. „Aber die kleinen Biester haben uns ordentlich auf Trapp gehalten. Zwei der temperamentvollsten haben wir mitgebracht, sie heißen Remo und Cesar und stehen im Stall. Wir werden noch eine Menge Spaß mit ihnen haben."

Die anderen Männer, alle jung und durchtrainiert, lachten zustimmend.

„Zwei Jungstiere?", begeisterte sich Mareike sofort. „Komm, Dario, die schauen wir uns an." An Michele gewandt wollte sie wissen, ob ihr Vater im Stall sei. „Der Señor hat sich vor dem Essen noch ein wenig hingelegt", bekam sie zur Antwort. Sie erinnerte sich an ihre Gastgeberpflichten, forderte Isolde zum Mitkommen auf und stürmte in den Stall, wo sie die Tür hinter sich offen ließ. Dario und Isolde folgten ihr. Isolde lächelte glücklich, Mareike hatte sie eben geduzt. „Kommst du mit?", hatte sie gefragt. Vermutlich versehentlich, aber immerhin.

Im Stall roch es streng nach Rind, frischem Heu und Stroh, durch die hochgelegenen, schmalen Fenster längst der Wand. deren trübe Scheiben nach innen gekippt waren, kam spärliches Tageslicht und Luft herein. Isolde folgte den beiden jungen Leuten durch einen breiten Mittelgang, die Boxen zu beiden Seiten waren leer. In zwei Boxen jedoch befand sich in jeder ein unruhig schnaubendes, nervös mit den Vorderhufen im Stroh scharrendes Kälbchen.

„Hallo, Remo und Cesar", grüßte sie Mareike im liebevoll besänftigenden Ton. „Wie geht es euch? Willkommen bei uns, ihr seid wirklich prachtvolle Burschen, nicht wahr, Dario?"

„Oh, ja, sehr vielversprechend", bestätigte es Dario mit Kennerblicken. „Respektables Temperament, kräftige Muskulatur, gut entwickelte Höcker muss ich sagen. Onkel Alfredo hat wie immer eine gute Wahl getroffen!"

„Vor allem aber sind es verängstige, junge Tiere", stellte Isolde, die von Darios kaltem, geschäftsmäßigem Ton irritiert war, fest.

Dario runzelte die Stirn und schaute sie verständnislos an. „Sie sollen ihre guten Gene weitergeben und für den großen Kampf trainiert und vorbereitet werden. Das ist ihre Bestimmung", belehrte er sie.

„Ach, so?", getraute sich Isolde etwas ironisch einzuwenden. „Für den Stierkampf also, bei dem bekannter Weise wehrlose Tiere mit Lanzen traktiert, verletzt und umgebracht werden."

„Komm, Isolde", meinte Mareike beschwichtigend. „Du bist deutsch und kannst das nicht verstehen. Gehen wir ins Haus, Maria kann sehr ungemütlich sein, wenn man sie warten lässt. Du bleibst doch zum Abendessen, nicht wahr?" Und als Isolde zögerte, meinte sie: „Keine Sorge, Dario kann dich hernach nach Hause bringen. Nicht wahr Dario?"

„Kein Problem", meinte Dario und verließ eilig den Stall. Isolde fand ihn sehr einnehmend, nur die Gefühllosigkeit, ja, die Brutalität, die von ihm ausging, störte sie.

Im Haus zeigte Mareike ihrer Besucherin das Badezimmer, wo sie sich ein wenig frisch machen könne, und das Kaminzimmer, worin sie dann bitte warten möge. Sie sei gleich zurück, meinte sie und eilte davon.

Das Kaminzimmer, in das Isolde bald darauf trat, war ein großer Raum, der von einem gediegenen Wohlstand zeugte. Er war mit schweren, typisch spanischen Schränken und Kommoden ausgestattet, der Boden mit rot-beige-schattierten Terrakotta Fliesen ausgelegt. Der prächtige Holztisch in der Mitte hatte eine mit feinen Intarsien ausgelegte, polierte Tischplatte, schwere Ledersessel und Couchen, auf deren Kopf- und Armlehnen schön gehäkelte Schoner lagen, umgaben ihn. Ein grob gemauerter, verrußter Kamin beherrschte den Raum und der Stierkopf darüber mit den enormen Hörnern, der gravitätisch von der grob verputzten Wand herabschaute. Darunter befand sich ein Metallschild, auf dem das Datum, „Im *August, 2004*" und der goldgeprägte Name "Nero" zu lesen war. Eine Trophäe, dachte Isolde beklommen.

Die gerahmten Bilder auf dem Kaminsims zeigten Mareike und Dario, lachend neben Jungstieren und Pferden auf einer Weide, aber kein Bild zeigte sie im Baby- oder Kleinkinderalter. In einem silbergerahmten Bild war eine schöne, junge Frau mit dunklem Haar zu sehen, in ihren Armen hielt sie ein kleines Mädchen. Vielleicht die Hausherrin mit ihrer kleinen Tochter, vermutete Isolde. Sie betrachtete lange das Bild und glaubte, dass das kleine Mädchen auf dem Bild Mareike ähnlich sah, das sonnenbraune Haar und auch das Alter, in dem sie war, als das Unglück geschah. Isolde beschlich eine unbestimmte Ahnung, die sie gleich wieder verscheuchte. Es war einfach zu abwegig. Und doch.

An den Wänden hingen große, schön gerahmte Bilder von Matadoren in stolzer Pose, zu Fuß mit rotem, gespanntem Tuch oder zu Pferd, daneben gereizte Stiere mit geblähten, dampfenden Nüstern. Isolde befürchtete, dass keiner von ihnen noch am Leben war.

Durch die Glastür und die Fensterfront konnte man auf eine große, mit Dielen ausgelegte Veranda schauen, bequeme Holzsessel, Bänke mit dicken Kissen, ein großer Tisch und ein ausladender, offensichtlich oft benutzter Metallgrill luden zum geselligen Schlemmen und Entspannen ein. Isolde ließ ihren Blick über das sonnenversenkte Grasland dahinter schweifen, in der sich da und dort kleine Baumgruppen, Gesträuch und verwilderte Olivenbäume behaupteten. Es erstreckte sich bis hin zu einem breiten, dunklen Waldsaum. „Hier also ist sie aufgewachsen", dachte sie seltsam berührt und dachte an das bescheidene Haus und das hübsche Gärtchen am Mainufer, Mareikes wirkliches Zuhause.

Da steckte Mareike ihren Kopf zur Tür herein. „Darf ich zu Tisch bitten, Isolde?", fragte sie heiter. „Man erwartet uns."

Sie trug ein hübsches Sommerkleidchen, das ihr ganz reizend stand.

Als Isolde mit ihr ein typisch-spanisch eingerichtetes Esszimmer betrat, erfasste sie die Menschen am großen Tisch mit einem Blick. Carlos, der ihr hinter dem bunten Blumenstrauß, den Mareike gestern in der Stadt gekauft hatte, freundlich zunickte, und Dario kannte sie bereits. Das Gesicht des Mannes an der Schmalseite des Tisches war nicht gut zu sehen, es lag im Schatten des Fensters hinter ihm. Er musste Señor Toledo sein.

„Mein Papa, Señor Toledo", stellte ihn Mareike lächelnd vor, als sie mit Isolde vor ihm stand. Señor Toledo erhob sich, er war groß und hager, sein eisengraues, dünnes Haupthaar war sorgsam gekämmt. Er reichte Isolde die Hand und Isolde schaute in ein kantiges, faltenreiches, ernstes Gesicht mit melancholischen, ausdrucksstarken Augen, „Und das, lieber Papa, ist Senhora Isolde, von der ich dir erzählt habe. Du erinnerst dich? Ich habe sie gestern in der Altstadt, auf der Plaza Duquesa getroffen."

„Sehr angenehm", meinte der Senhor mit dunkler, melodischer Stimme. „Bitte nehmen Sie Platz, Senhora, und essen Sie mit uns. Sie müssen meiner Tochter sehr sympathisch sein, denn es kommt nicht sehr oft vor, dass sie jemand so spontan zu uns einlädt."

„Danke", erwiderte Isolde, von der starken Persönlichkeit des Hausherrn etwas eingeschüchtert. „Sehr freundlich."

Kaum dass sie auf den für sie zurechtgerückten Stuhl saß, wurde die Tür geöffnet und eine rundliche Frau unbestimmten Alters schob einen mit Terrinen und Schüsseln beladenen Servierwagen herein. Ihr dunkles, von Silbersträhnen durchwirktes Haar war zu einem ordentlichen Tuff zusammengebunden, die hochgestülpten Ärmel ihrer weißen Leinenbluse ließen zwei wohlgerundete Arme frei und der dunkle Leinenrock verdeckte nur halb ihre strammen Waden. Die nackten, breiten Füße steckten in ausgetretenen Holzpantinen.

„Maria!", rief Mareike, „hoffentlich hast du genug gekocht, wir haben einen Gast. Das ist Isolde, sie macht gerade Urlaub hier in Ronda. Nicht wahr, Isolde?"

„Hallo, Maria." Isolde erhob sich und gab Maria lächelnd die Hand. „Ich hoffe, ich bin nicht ungelegen."

„Auf einen mehr oder weniger kommt es mir nicht an", grummelte Maria. Isolde aber ließ sich durch ihre Ruppigkeit nicht täuschen, Maria war, das verriet ihr offenes Gesicht und ihre gutmütigen Augen, eine überaus warmherzige, humorvolle Frau. Sie schlürfte um den Tisch herum und verteilte flink das Essen, Reisfleisch mit weißen Bohnen. Dann verschwand sie wieder in die Küche, wo auch die Pikadores, die Gehilfen des Señor Toledos, und die Mägde versorgt werden wollten.

Señor Toledo sprach ein kurzes Gebet, dann wünschte er einen guten Appetit und eine Weile war nur noch ein Schmatzen und Schlürfen in der Tischrunde zu hören. Es schmeckte großartig, fand Isolde, Maria war nicht nur eine mütterliche Person von natürlich-herbem Charme, sie war auch eine hervorragende Köchen.

Nachdem der Hausherr aus seinem Glas einen kräftigen Schluck Rotwein getrunken hatte, fragte er den Gast, ob er schon öfter in Andalusien gewesen sei.

„Oh, ja", antwortete Isolde, „es ist traumhaft schön hier. Jedes Jahr um diese Jahreszeit zieht es mich hierher. Ronda ist für mich ein magischer Ort."

„Wegen der Stierkämpfe, nicht wahr?" Señor Toledo wischte sich mit seiner Serviette über den Mund, sein Gesicht hatte sich plötzlich aufgehellt, seine Augen begannen zu funkeln. „Haben Sie schon die Arena besichtigt, Señora?", fragte er mit begeisterter Stimme. „Nein, das müssen Sie unbedingt nachholen. Sie ist mit ihren weiten, zweistöckig überdachten Bogenreihen, auf denen hunderte Zuschauer Platz finden, die größte und prächtigste Arena der Welt. Schon Petro Romero und Antonio Ordonez haben darin ihre berühmten Kämpfe bestritten. Auch meine Wenigkeit, wenn ich mir erlauben darf dies zu erwähnen, hat so manchen bedeutenden Kampf darin bestanden. Jetzt bin ich alt und ungelenk, meine Zeit als Matador ist vorbei. Das unbeschreiblich erhabene Gefühl jedoch, welches einen durchflutet, wenn von den Galerien der Jubel der Begeisterung herab brandet, das bleibt unvergessen. Dario weiß es, auch er durfte es schon erfahren. Er wird mein würdiger Nachfolger sein, nicht wahr, Dario?"

Dario stellte sein Glas, aus dem er gerade getrunken hatte, auf den Tisch zurück, er lächelte seinen Gönner an und meinte bescheiden: „Ich werde versuchen, dir keine Schande zu machen, Onkel Alfredo."

„Ich glaube, Papa", musste Mareike einwenden, „Isolde kommt nicht nur wegen der Stiere hierher, sondern hauptsächlich wegen der Erholung und der schönen Landschaft. Ist es nicht so, Isolde?"

„Ja, Mareike", erwiderte Isolde beklommen. „Auch deshalb."

„Sie heißt Ariane", korrigierte sie Señor Toledo, seine Miene hatte sich verfinstert, war fast abweisend geworden. „Warum nennen Sie meine Tochter Mareike?"

„Ach, lass sie doch, Papa", meinte Mareike und lächelte Isolde lieb an. „Ich mag den Namen. Mareike klingt schön und irgendwie vertraut.

„Sie hat eben ein Faible für alles Deutsche", meinte Dario und prostete Mareike amüsiert zu. Carlos, sein Vater, gab ihm recht. „In der Schule wählte sie Deutsch als zweite Fremdsprache, natürlich", meinte er nachsichtig schmunzelnd. „Sie interessiert sich für deutsche Kultur, für Goethe und Schiller und die alten Meister, wie Wagner, Mozart und Beethoven. Sie will sogar in Deutschland Veterinärmedizin studieren, weil sie glaubt, dort gäbe es die besten Universitäten. Aber das", meinte er mit Blick auf Señor Toledo, „ist noch nicht abgesegnet. Wenn nicht ihr spanisches Temperament wäre, Sie müssten Ariane einmal Flamenco tanzen sehen, Señora, dann könnte man glauben, es leben zwei Seelen in ihr. Aber ihre spanische Seele obsiegt eindeutig, denn, nichts für ungut, Señora", er verbeugte sich entschuldigend in Richtung Isolde, „der Deutsche ist doch eher unterkühlt und zurückhaltend, sogar verschlossen, möchte man sagen."

Isolde lächelte und gab ihm recht, obwohl sie wusste, auch die Spanier waren ein stolzes, in der Regel von sich eingenommenes Volk. Diese Leute hier, das wurde Isolde schmerzlich klar, waren Mareikes Familie. Carlos schien mit seinem Sohn Dario zum engen Familienkreis zu gehören, jedenfalls war im Moment kein anderes Familienmitglied zugegen. Ihren Ziehvater, Señor Toledo, schien Mareike auf eine fürsorglich-zärtliche Weise zu lieben, aber zum starken, bedachten Carlos blickte sie auf, ihn verehrte und bewunderte sie unübersehbar. Maria, die hier wohl die Rolle der Hausfrau übernommen hat, war ganz sicher neben Mario und Carlos Mareikes engste Vertraute und die Farm mit ihren Tieren ihr Zuhause. Das war so und würde sich nicht mehr ändern. Diese Erkenntnis traf Isolde mitten ins Herz, sie saß wie gelähmt da und versuchte sich zusammenzureißen.

„Nun", meinte sie schließlich und nahm einen kräftigen Schluck aus ihrem Glas, um den Kloß in ihrer Kehle loszuwerden. Sie fuhr sich mit einem Tuch über die feuchten Augen und meinte, sich wieder fassend: „Sorry, ein lästiger Heuschnupfen. Nun, ich wohne mit meiner Familie in der Nähe von Frankfurt am Main. Über einen Gegenbesuch ihrerseits würde sich meine Familie und natürlich auch ich sehr freuen. Der Taunus, der Odenwald, Frankfurt, Heidelberg, die ganze Region dort hat ungemein viel zu bieten."

Als sie später neben Dario im Jeep saß, hatte sie die Traurigkeit immer noch voll im Griff. Dario bemerkte es und fragte, ob sie vielleicht die Arena besichtigen möchte, er würde sie ihr gern zeigen. Auch ohne Kampf und die damit verbundene Atmosphäre wäre sie sehr interessant und sehenswert.

„Nein", meinte sie geistesabwesend. „Das will ich nicht, ich finde den Stierkampf generell abstoßend. Immerhin werden dabei arme Tiere hingeschlachtet, was die Leute auch noch begeistert und amüsiert."

„Aber bis dahin geht es ihnen gut, Señora", meinte Dario ruhig. „Jedenfalls besser als den Tieren in Deutschland, wo sie eingepfercht, gemästet und dann geschlachtet werden. Finden Sie das humaner?"

Isolde musste ihm im Stillen recht geben, aber dann dachte sie an das kleine Mädchen, das sie damals aus der Schlucht geborgen, nach Hause überführt und auf dem Friedhof begraben hatten. Wer war sie? Kaum vorstellbar, dass sie niemand vermisst und nach ihr gesucht hatte.

Dario aber beschäftigte etwas ganz anderes, die Frau neben sich war Arianes wirkliche Mutter, das hatte er gleich gespürt, als er ihr auf der Weide gegenübergestanden hatte. Sie bewegte sich wie Ariane, hatte das gleiche volle, hellbraune Haar wie sie und lächelte wie sie. Bei Tisch dann war es ihm zur Gewissheit geworden, diese Frau war nicht zufällig hier, sie war wegen Ariane gekommen. Wollte sie Ariane holen? Wollte sie um sie streiten, um sie kämpfen? Onkel Alfredo würde es nicht erlauben, er könnte es auch nicht verwinden, wenn er auch Ariane verlieren würde. Carlos, sein Vater, liebte sie wie ein eigenes Kind und für Ariane war er stets ein geduldiger, stets verfügbarer Lehrer und ein Vorbild. Er, Dario, hatte sie von Anfang an unter seinen persönlichen Schutz genommen, sie war mehr als nur eine Schwester für ihn, sie war seine Verbündete, die jeden Ulk mitmachte und der man wirklich alles anvertrauen konnte. Ariane gehörte hierher, zu den Menschen, zur Range und den Tieren. Sie war hier zu Hause und das würde niemand ändern können.

Sollte er der Fremden erzählen, dass er sie damals in der Schlucht, auf einem Felsvorsprung bewusstlos und halbtot gefunden und zur Farm gebracht hatte. Maria hatte sich ihrer liebevoll angenommen und sie gesund gepflegt und Onkel Alfredo hatte das Kind, als es niemand vermisste und suchte, nach einer angemessenen Zeit adoptiert. Ariane war, als er alles verlor, sein Rettungsanker gewesen, an den er sich klammern konnte, als der Schmerz zu groß wurde. Sie gab ihm einen Lebensinhalt und eine Menschlichkeit zurück.

Onkel Alfredo war von Natur aus ein echter Matador, unnahbar und verschlossen, seine Zuneigung oder Zustimmung erkannte man höchstens an einem flüchtigen Lächeln, einem anerkennenden Blick oder einem wohlwollendem Wort, was nicht oft vorkam und ihn, Dario, jedes Mal mit Stolz erfüllte. Aber bei Ariane war er weich und nachsichtig, ihr sah er manche Dummheit nach. Zum Beispiel die Sache mit Marias kostbaren Seidenstrümpfen, sie hatten nicht gewusst, wie wertvoll sie ihr wirklich waren.

Maria hatte sie, nachdem sie am Sonntag vom Gottesdienst zurückgekommen war, über eine Leine gehängt. Ariane und er hatten sich die durchscheinenden Dinger von der Leine geholt, über die Köpfe gezogen und damit die Mägde erschreckt. Die hatten so laut gekrischen, dass Maria kam und mit einem Teppichklopfer hinter ihnen her rannte. Natürlich waren sie entkommen, aber Maria war danach sehr lange sauer auf sie gewesen, obwohl ihre Stümpfe bis auf eine einzige, winzige Laufmasche, die man unter ihrem Rock kaum sehen konnte, heil geblieben waren. Ein anderes Mal hatte sie Carlos erwischt, wie sie weitab im Feld ein aus der Küche geborgtes Stück Fleisch auf einem Spieß, über einem Feuerchen braten wollten. Zum Essen waren sie dieses Mal nicht gekommen, denn Carlo, dem wohl der Duft in die Nase gestiegen sein musste, machte ein furchtbares Donnerwetter von wegen, wir würden die staubtrockene Weide abfackeln und so weiter. Onkel Alfredo, als er es hörte, schmunzelte nur und sagte gar nichts dazu.

Mit Ariane konnte man alles wagen, alles ausprobieren und alles durchstehen, sie war stets eine verlässliche, verschwiegene Vertraute und Verbündete.

Aber eins wollte er nicht, nämlich Ariane mit in die Arena nehmen. Nicht sie.

Dario warf der schweigsamen Frau neben sich einen prüfenden Blick zu, sie schaute gedankenverloren in die Ferne. Nein, ihr würde er nichts davon erzählen, sie soll möglichst schnell abreisen und nie wiederkommen.

Er dachte daran, wie er schon als Zehnjähriger zusehen musste, wie den Stieren in den engen Laufgängen von den Pikadores die mit Widerhaken versehenen Holzstöcke in die Nackenmuskulatur gestoßen wurden, so dass sie kaum noch in der Lage waren, ihre Köpfe zu heben. Blutüberströmt und rasend vor Schmerz werden sie dann von den Banderillas, den Gehilfen des Matadors, denen er längst auch angehörte, mit Dolchen, Lanzen und lauten Zurufen durch die Arena gehetzt, bis sie durch den Blutverlust geschwächt und sterbend vom Matador, der inzwischen mit selbstbewusster Pose die Arena betreten hatte, ein letztes Mal zu einem Angriff provoziert und den tödlichen Stoß empfangen.

Der Stier war tot und der Matador ein umjubelte Held. Für Dario war es immer klar gewesen, Arina durfte niemals Zeuge eines Stierkampfes werden, sie sollte nie einem zu Tode gereizten, wütend schnaubenden Stier gegenüberstehen und in seine blutunterlaufenen Augen sehen müssen. Dafür würde er sorgen.

Als er, Dario, damals seinem über alles geliebten Jungstier Rodrigo gegenüber gestanden und in seine ungläubigen, irren Augen geschaut hatte und als er ihm auf Onkel Alfredos Geheiß den Speer in den Hals rammte, da war etwas in ihm zerbrochen. Er hatte nicht geweint, Onkel Alfredo erlaubte es nicht, er meinte: „Ein zukünftiger Torero ist stark, er weint

69

nicht und darf kein Mitleid zeigen. Wenn er den Stier nicht tötet, tötet der Stier ihn."

Aber Rodrigo war sein Vertrauter und sein Freund gewesen, er hatte ihm mehr bedeutet, als alles andere auf der Welt. Dario durfte bei seiner Geburt dabei sein, sein feuchtes Fell mit Stroh abreiben, er durfte ihn aufziehen. Rodrigo hatte ihm vertraut, aber als er ein Jahr alt war, da musste er in die Arena, damit er, Dario, angehender Matador, an ihm das Traktieren und Töten lernen sollte.

Und wie er es gelernt hatte.

Nicht lange danach passierte das Unglück mit Gina, Onkel Alfredos kleiner Tochter, sein einziges Kind. Er war mit Gina bei den Jungstieren auf der Weide gewesen und wollte ihr zeigen, was er schon konnte und gelernt hatte. Er reizte den temperamentvollsten unter ihnen mit einem Stock und spornte ihn mit den üblichen Rufen zu übermütigen Sprüngen an. Gina hatte begeistert in die Hände geklatscht und gejauchzt, das hatte den Stier wohl veranlasst, sich ihr zuzuwenden, er war plötzlich auf sie losgestürmt und hatte sie zu Boden gerissen, obgleich er, Dario, mit wilden Gesten und schrillen Schreien versucht hatte, ihn von Gina abzulenken.

Gina war tot, ihr Gesichtchen, die zarten Gliedmaßen und ihr Brustkorb waren eingedrückt und blutüberströmt. Er dachte, man müsse sie waschen, eh er sie zur Ranch bringen konnte, Onkel Alfredo sollte sich nicht zu sehr erschrecken, wenn er sie sah. Es war leicht gewesen mit Gina durch das seichte Wasser des Rio Guadalevins zu waten, bis hin zur Schlucht, wo er noch genug Wasser führte. Als er über sich die Mauern der Stierkampfarena aufragen sah, fielen ihm Onkel Alfredos Worte ein: „Ein zukünftiger Torero weint nicht, er ist stark und zeigt kein Mitgefühl!" Unter der Brücke hatte er Gina in das seichte Wasser gelegt und ihr das Blut aus den Haaren und dem entstellten Gesichtchen gewaschen.

Da hatte er plötzlich über sich auf der Brücke einen gellenden Schrei gehört, und als er hochschaute, sah er einen kleinen Körper gegen die Felsen prallen und auf einem Felsvorsprung liegenbleiben, nur ein herabhängender Arm war noch zu sehen gewesen. Als sich Männer daran machten, die Felsentreppe herabzusteigen, duckte er sich hinter einen Stein und sah zu, wie man Gina hinaufbrachte, zur Brücke und zu den aufgeregten Menschen. Erst als es ganz still geworden war und in der Schlucht dunkel, da war er die Felsentreppe hochgestiegen und hatte das Kind, ein kleines Mädchen wie Gina, heruntergeholt. Es lebte und so trug er es heim, zur Ranch. Dem Vater und Onkel Alfredo erzählte er, dass Gina plötzlich verschwunden wäre, und als sie nicht zurückkam, hatte er sie gesucht und statt ihrer das kleine, halbtote Mädchen in der Schlucht gefunden. Er wurde gelobt, weil er das Kind gerettet und mit nach Hause gebracht hatte, wo Maria es gesund pflegen konnte. Onkel Alfredo hatte lange nach Gina gesucht und nach ihr forschen lassen, sie war nach dem Tod seiner Frau Constance, die an einem heimtückischem Fieber gestorben war, sein ganzer Trost gewesen, von seiner Leidenschaft für die Stiere einmal abgesehen. Aber als man Gina trotz aller Bemühungen seitens der Polizei nicht finden konnte, musste man befürchten, dass sie in die Hände von Menschenhändlern gefallen und nach Marokko entführt worden sein könnte. Obwohl Onkel Alfredo die Hoffnung um Gina nie aufgab, bis heute nicht, nahm er das fremde Kind, das keiner vermisste und das keinerlei Erinnerungen an das Vorher hatte, wie sein eigenes Kind auf, er adoptierte, umsorgte und förderte es. Ariane war seine Freude und seine Hoffnung, vor allem, als er den Stierkampf aus Altersgründen aufgeben musste. Sie weckte in ihm die lang verschüttete Fähigkeit, menschlich zu fühlen. Niemand würde ihm Ariane wegnehmen können, dafür würde er, Dario, sorgen. Das war er Onkel Alfredo schuldig.

Isolde hatte währenddessen den jungen Mann an ihrer Seite unauffällig beobachtet, er hätte sympathisch sein können, sehr sympathisch sogar, wenn nur nicht dieser trotzige, etwas brutale Ausdruck in seinem Gesicht gewesen wäre. Er dachte über etwas nach, vielleicht über Mareike? Er musste alles von ihr wissen, zum Beispiel, wann und wie sie auf die Ranch von Señor Toledo gekommen ist. Sollte sie ihn fragen? Aber er wirkte jetzt so abweisend.

„Ich glaube, Dario", musste sie ihn behutsam hinweisen, „Sie haben eben die Einfahrt zur Plaza Duquesa verpasst. Aber das macht nichts, lassen Sie mich ruhig hier aussteigen. Die paar Schritte laufe ich gern."

Dario schreckte aus seinen Gedanken auf, er schaute sich um, bremste und hielt den Jeep am Straßenrand an. „Wie Sie möchten, Señora", meinte er freundlich. „Werden Sie morgen nach Deutschland zurückfliegen."

Isolde schaute ihm in die Augen. „Erst Übermorgen", meinte sie lächelnd. „Aber ich komme wieder."

„Wegen Ariane?", fragte er und hielt ihrem Blick stand.

„Ja, wegen ihr. Ich komme schon seit Jahren wegen ihr in diesen Ort."

Dario, ihrem Blick fest begegnend, meinte im selben ruhigen Ton: „Ich würde für Ariane sterben. Sie ist der wichtigste Mensch für mich. Sie ist für alle auf der Farm der wichtigste Mensch."

„Ich weiß." Isolde senkte den Blick und fingerte am Verschluss ihrer Handtasche herum. „Ich werde wiederkommen, Dario, bald. Dann wird sich alles zeigen. Vielen Dank fürs Bringen und alles Gute. Adiós."

„Adiós, Senora. Ich werde auf Ariane aufpassen, es wird ihr gut gehen! Darauf können Sie sich verlassen."

„Ich weiß, Dario. Auf Wiedersehen." Isolde stieg aus und als sie sich noch einmal umwandte, sah Dario, dass sie weinte.

„Auf Wiedersehen, Señora! Alles Gute und eine gute Reise!"


Einen Monat später bekam Señor Alfredo Toledo die schriftliche Nachricht, dass in Ronda auf dem Postamt ein Einschreiben für ihn bereitliege und er es wegen der Unterschrift persönlich abholen müsse.

Er wunderte sich darüber und als er am späten Abend im Kaminzimmer saß und ihm Maria seinen guten Kräutertee, ohne den er nicht einschlafen konnte, serviert hatte, studierte er den Absender des Einschreibens.

*Frau Isolde Wegner*, las er, *Rosenweg 12, 65479 Raunheim am Main, Germany.*

„Nie gehört", dachte er und öffnete mit ungutem Gefühl das Kuvert.

*Raunheim, den 5.Sept. 2015*, war in einer relativ flüssigen, spanisch gehaltenen Handschrift zu lesen. „Da hat sich jemand wirklich Mühe gegeben", dachte Señor Toledo und las weiter.

*Sehr verehrter Señor Toledo,*

*Sie erinnern sich sicher noch an mich, Ihre Tochter, ich habe sie Mareike genannt, hatte mich auf ihre Ranch eingeladen. Nun muss ich Ihnen sagen, dass Mareike das Kind meines Mannes und mir ist, das vor zehn Jahren in Ronda, während eines Ausfluges tödlich verunglückte. Jedenfalls hatten wir das angenommen.*

*Ich habe lange mit mir gerungen, was ich machen soll und glaube nun, dass Klarheit herrschen sollte, vor allem zwischen uns, den Eltern. Vor zehn Jahren ist unser fünfjähriges Mädchen in die El-Tajo Schlucht gestürzt, ein tragischer Unfall. Sie wurde unserer Meinung nach geborgen, mein Mann hatte sie damals identifiziert, ich selbst und meine Eltern waren dazu nicht in der Lage. Wir ließen sie nach Hause überführen und auf unserem Stadtfriedhof begraben. Auf dem Grabstein steht der Name unserer Tochter, Mareike Wegner, geboren am 27.11.2000. Auf ein Todesdatum haben wir verzichtet, da wir nie wirklich glauben konnten, dass sie tot ist. Vermutlich eine Intuition.*

*Nun aber habe ich sie getroffen, lebend, fröhlich und blühend wie eh und je, in dem Ort, wo sie vor zehn Jahren starb oder wir es angenommen hatten. Und ich habe gesehen, wie glücklich sie ist und wie wichtig ihr die Leute sind, die sie aufgenommen und sich zehn Jahre lang liebevoll um sie gesorgt haben. Dafür muss ich unendlich dankbar sein, wenn ich auch, was Sie sicher verstehen werden, um die verlorene Zeit mit*

74

*meiner Tochter trauere. Die Menschen, die sie umgeben, und das Land, in dem sie groß wurde, haben sie geprägt, sie ist für immer damit verwurzelt, das zu sehen tut weh, aber es ist nicht zu ändern. Mareike ist glücklich, ich muss dem Schicksal dafür dankbar sein, aber ich bedaure zutiefst jene Menschen, deren Kind wir damals aus der Schlucht geborgen haben und die nie erfuhren, was mit ihm geschah.*

*Ich würde mir sehr wünschen, wenn meine Familie und ich mit Mareike einen regelmäßigen, freundschaftlichen Kontakt pflegen dürften, wobei Sie mich sicher unterstützen werden. Den Zeitpunkt, wann sie erfahren soll, was geschah und wer ihre leiblichen Eltern sind, überlasse ich vollkommen ihnen. So hoffe ich, dass mich Mareike eines Tages Mama nennen wird.*

*Das Grab werden wir in Respekt derer, die um das unbekannte Kind geweint haben und es sicher immer noch tun, weiterhin pflegen und in Ehren halten. Nur die Inschrift des Grabsteins werden wir ändern lassen.*

*In der Hoffnung, bald von Ihnen zu hören, verbleibe ich,*

*Isolde Wegner.*


Alfredo Toledos ließ den Brief auf seinen Schoß sinken und schaute nachdenklich auf die glühenden Holzscheite im Kamin. Sollte er sein kleines Mädchen, das man nie finden konnte, endlich gefunden haben? Sollte das Kind, das die Fremden damals aus der EL Tajo Schlucht bargen, seine Tochter Gina sein? Eigentlich stimmte alles, der Zeitpunkt, es war vor genau zehn Jahren gewesen, das Alter der Mädchen, einfach alles. Er musste es herausfinden und sobald wie möglich nach Deutschland reisen, zu dem Grab, in dem möglicherweise sein Kind ruhen könnte; und zu den Leuten, die behaupteten, Arianes Familie zu sein. Merkwürdig, die Ähnlichkeit der Frau mit Ariane war ihm gleich aufgefallen, aber er hatte es einfach ignoriert, nicht wahrhaben wollen. Aber sollte es stimmen, dass man damals Gina in der Schlucht fand, wie kam sie dorthin? Hatte sie sich verirrt? Wie kam sie ums Leben und warum wurde sie mit dem anderen Kind, womöglich mit Ariane, verwechselt? Warum fand Dario damals Ariane und nicht Gina oder beide? Was war passiert? Er sollte nochmal mit Dario reden, damals wollte man ihn nicht bedrängen, er war so jung und so verwirrt gewesen. Selbst später noch vermied er es, darüber zu reden, es schmerzte ihn immer noch zu sehr. Ariane aber hatte mit ihrem unbeschwerten Temperament die Sorgen und die quälende Ungewissheit um Gina gemildert, zeitweise sogar verdrängt, sie hatte Leben und Frohsinn in sein Leben und das der anderen auf der Ranch gebracht, Señor Toledos konnte sich nicht vorstellen, was ohne sie geworden wäre. Dennoch, er hatte nie aufgehört nach Ginas zu suchen, und er wird es solange tun, bis er sie gefunden haben würde, lebend oder tot, und die Ungewissheit ein Ende hatte.

Auf jeden Fall würde er so schnell wie möglich nach Deutschland reisen, vielleicht wird sich dort alles klären. Dabei könnte man sich schon einmal nach einer passenden Universität für Veterinärmedizin umsehen, falls Ariane bei ihrem Berufswunsch bleiben sollte.

## Wem gehört das Kind?

Hin und hergerissen, bis die Seele weint.

Als Henning die Eingangshalle des Landratsamtes betrat und die breite Treppe zum ersten Stock hinaufstieg, glich seine Stimmung der des trüben Novembermorgens draußen, nasskalt und trostlos. Er war nicht freiwillig hier, wirklich nicht, man hatte ihn dazu genötigt. Er würde sonst von der Schule fliegen, hatten Rektor Ritter und Frau Simones, die Sachbearbeiterin für Familienangelegenheiten, gedroht. Wenn er die nur sah und ihre männlich tiefe Stimme nur hörte, dann war er schon bedient.

„Herr Steiger wird dir gefallen", hatte sie in ihrem üblich nachsichtigen Tonfall gemeint. „Er ist nett, zumindest ein Gespräch solltest du mit ihm führen, damit du deinen guten Willen zeigst." Nette Leute aber waren Henning suspekt, sie waren hinterhältig und wollten ihn nur hereinlegen.

Henning ging durch den mäßig beleuchteten Flur, am Zimmer Nr. 22 vorbei, es war das Zimmer von Frau Simones, für ihn eine Folterkammer. Es war immer eine Folter gewesen, in diesem Zimmer neben Mama zu hocken und ihr weinerliches Gejammer mit anhören zu müssen, ohne weglaufen, sich verkriechen oder sich wenigstens die Ohren zuhalten zu können. Er musste ihre Vorwürfe und Anklagen gegen den Vater bestätigen, er tat es automatisch, ohne nachzudenken, damit er seine Ruhe hatte. Mama schmeichelte und drohte ihm, dass er mitkommen solle aufs Jugendamt, und erst wenn sie ihm beispielsweise für seinen PC Player ein Spiel versprach, dann kam er mit, schließlich konnte man sich auch von innen die Gehörgänge verbarrikadieren, Henning hatte Übung darin. Clair, seine Schwester, war fein raus, sie war zu klein gewesen, als sie noch hier war, bei Mama und ihm, sie musste nie wie er, der große Bruder, bekennen, zu wem sie gehörte, wer ihre Familie war, wen sie liebte oder wen sie verabscheute, nämlich den Vater, der Mama permanent tyrannisierte, erniedrigte, demütigte und bedrohte. Er, so behauptete Mama, ködere seine Kinder mit Geschenken, mit Versprechungen und Ausflügen, die sie sich, wie sie Frau Simones überzeugend darlegte, bei dem geringen Unterhalt, den ihr Ex höchst unregelmäßig bezahle, nicht erlauben könne. Nur deshalb gingen die Kinder, wenn überhaupt noch zu ihm. Henning widersprach dem nie, er nahm seinen Vater nie in Schutz, verteidigte ihn nie, sagte nie, wie gut er sich bei ihm fühle und wie schön es bei ihm war, jedenfalls bis diese Supernanny Susanne bei ihm aufgetaucht war und ihn und Clair ständig therapieren wollte. Er hätte es tun sollen, er hätte Papa verteidigen müssen, er wusste es in seinem Innern, aber was hätte es gebracht, nichts, Mama hätte es nicht begriffen. Und so tat er eben, als wäre es eine lästige Pflicht, Papa zu besuchen. Gerd 1 hatte sich, wenn Mama ihre Anfälle bekam, in die Kneipe an der Straßenecke verdrückt und dort bei einem Glas Bier abgewartet, bis die Luft rein war, der Feigling. Und Mamas dritter Mann, Gerd 2, er hieß spaßiger Weise auch Gerd, war stark und schlug schon mal zurück. Papa war anders gewesen, er war geduldig, er wollte Mama immer beruhigen, hatte es wenigstens versucht. Er stellte sich Mamas Zorn, stellte sich ihrer Wut, Papa ist kein Feigling wie Gerd 1, oder gleichgültig wie Gerd 2. Aber Papa musste trotzdem ein rechthaberischer, streitlustiger, nachtragender, arroganter Sadist sein, denn Mama und Opa und alle anderen konnten sich ja unmöglich alle irren.

Das nächste Zimmer hatte die Nr. 24, auf dem Schild neben der Tür las Henning: *Sebastian Steiger, Psychotherapeut.*

Henning kaute unschlüssig an seinem abgenagten, dunkelumrandeten Daumennagel, noch hatte ihn keiner bemerkt, noch konnte er abhauen, konnte sich einen schönen Tag am Computer machen. Mama würde es nicht stören, sie hasste Seelenklempner genauso wie er. Andererseits hatte er es seiner Freundin Steffi versprochen, ihre Eltern hatten ihm mit Hausverbot gedroht und ihm den Umgang mit ihrer Tochter verboten, wenn er es nicht tun würde.

Also trat er kurzentschlossen, ohne anzuklopfen ein.

Ein Mann erhob sich hinter einem Schreibtisch und sagte freundlich: „Guten Morgen, Henning. Schön, dass du gekommen bist. Bitte, setz dich doch."

Henning ließ seine Schultasche neben dem lederbezogenen Stuhl vor dem Schreibtisch fallen und setzte sich, er musterte mit finsterem Blick den Mann, dessen Gesicht, dem Fenster abgewandt, im Schatten lag. Obwohl er mit seiner schlaksigen Figur, den Jeans, dem Rollkragenpulli und den Sportschuhen, vor allem wegen seiner schulterlangen, dunkelblonden Haare lässig jugendlich wirkte, musste er doch schon einige Jahre auf dem Buckel haben. Henning registrierte die Linien auf seiner Stirn und die vielen Fältchen um seine grauen Augen, oder waren sie grün? Wenn er wie jetzt gewinnend grinste, zeigte er kräftige, tadellose Zähne.

Sebastian Steiger kannte die Geschichte des Jungen, mit dem er es jetzt zu tun bekommen würde, er hatte im Vorfeld seine Unterlagen bei Frau Simones geholt und sie überflogen. Im Prinzip war es immer das gleiche: Scheidung, massives Stören des Schulunterrichts, Henning besuchte die elfte Klasse des gymnasialen Zweigs der Gerbacher Gesamtschule. Er sei seinen

80

Lehrern gegenüber frech, unverschämt und aufsässig, habe ein allgemein aggressives Verhalten, neige dazu, sich und andere zu verletzen, etliche Male sei er nach heftigen Raufereien vor diversen Kneipen aufgegriffen worden, jedes Mal mit Cannabis. Zweimal musste man ihn mit einer Alkoholvergiftung ins Krankenhaus einliefern. Das Jugendamt erwägte, Henning Dengler in eine Jugendanstalt einzuweisen, um ihn beizeiten zu einem geregelten Leben zurückzuführen und seine beginnende Drogen- und Alkoholabhängigkeit effektiv behandeln zu können. Die Mutter sei selbst labil, und nicht in der Lage mit dem Jungen fertig zu werden. Sebastian Steiger vermutete, dass zumindest auch sie auf die Couch eines Therapeuten gehörte.

Er vermied es, den Jungen auffallend zu mustern, das brauchte er auch nicht, denn Henning Dengler war auch so kaum zu übersehen. Er gab sich den Anschein, als sei er nur auf dem Sprung hier und würde gleich wieder gehen wollen. Er war ein wenig pummelig, sein Gesicht war fahl und pickelig, bei Jugendlichen nicht ungewöhnlich. Seine großen, dunklen Augen fanden keinen Ruhepol, sie irrten ständig umher, sein schulterlanges, dunkles Haar war ungepflegt, fettig, Seife und Wasser schienen bei ihm keine große Rolle zu spielen. Sebastian Steiger musste beim Anblick seiner schlottrigen Jeans grinsen, man hatte den Eindruck, gleich würde sie ihm endgültig über das Gesäß rutschen, der Schritt hing weit nach unten, die Hosenbeine fielen faltig und zerfranst auf die schmutziggrauen, abgetretenen Turnschuhe und gerieten beim Laufen unter deren Absätze, so dass die Enden der Hosenbeine im Auflösen begriffen waren, die losen Schuhbänder mussten bei jedem Schritt Stolperfallen sein.

„Ich glaube, Henning", eröffnete Sebastian Steiger das Gespräch, „wir brauchen nicht lange um den heißen Brei herumzureden, du weißt selbst, warum du hier bist. Es läuft nicht alles rund bei dir, nicht wahr?"

Henning schaute auf seine Knie, die er mit seinen Händen umklammerte. „Wenn er mir blöd kommt", dachte er, „dann bin ich gleich wieder weg."

„Es steht für dich viel auf dem Spiel, Henning", fuhr Sebastian Steiger im sachlichen Ton fort, „nicht weniger als deine Zukunft. Deshalb sollten wir uns darüber unterhalten."

„Was interessiert dich meine Zukunft, mir jedenfalls ist sie scheißegal", dachte Henning grimmig und schaute betont desinteressiert am Therapeuten vorbei, zum kahlen Geäst hinter den Fensterscheiben, es hingen noch letzte, hartnäckige, dürre Blätter daran, dahinter ragte eine schmutziggraue, trostlose Hausfassade auf. Aber die eindringliche Stimme des Therapeuten und seine dominante Gegenwart ließen es nicht zu, dass er sich gedanklich wegstehlen konnte, widerwillig musste er ihn anschauen und ihm zuhören.

„Ich möchte, Henning", meinte Sebastian Steiger unverändert ruhig, „dass du weißt, was du willst, dass du es dir bewusst machst, wohin die Reise gehen soll. Das liegt nämlich nur an dir, Henning, nicht an deinen Eltern, nicht an den Lehrern oder an irgendwelchen Umständen, nein, es liegt ausschließlich an dir, wie deine Zukunft aussehen wird, niemand sonst als du wird sie erleben. Noch bist du gesund, Henning, noch bist du gescheit, noch siehst du, wenn du dir Mühe gibst, passabel aus, noch kannst du einen guten Schulabschluss machen, vielleicht einmal studieren und einen guten Beruf ergreifen, der dir Freu-

82

de und Erfüllung und natürlich auch Geld einbringen wird. Vielleicht willst du auch eine Familie gründen und Kinder haben. Aber Henning, die Weichen dazu musst du jetzt stellen, später könnte es zu spät sein."

Sebastian Steiger holte aus einer Schrankbar zwei Gläser und eine Flasche Wasser, er füllte die Gläser halbvoll und schob eins davon Henning zu. Dann trank er einen Schluck und setzte sich wieder. Zufrieden stellte er fest, dass auch Henning an seinem Glas nippte und ihn dabei, die Brauen finster zusammengezogen misstrauisch musterte. Seine Aufmerksamkeit schien er jedenfalls gewonnen zu haben, für den Moment jedenfalls.

„Wenn du aber beweisen musst, Henning", fuhr er mit bedauerndem Ton fort, „wie trinkfest du bist und wie cool du das Kiffen findest, wenn es dir wichtig ist, abzutauchen in eine Traumwelt, in der es keine Probleme gibt, keine Enttäuschung, keine Herausforderung, in der du ganz ohne dein Zutun der Größte, Schönste und Stärkste bist, wenn du also allmählich die Kontrolle über dich verlieren und irgendwann als Schnorrer in der Gosse landen willst, einsam, verwahrlost und krank, wenn du nach einem jämmerlichen, nicht allzu langen Leben an Leberzirrhose qualvoll sterben, sagen wir lieber verrecken willst, dann sollten wir an dieser Stelle unser Gespräch abbrechen."

Sebastian Steiger lehnte sich zurück, verschränkte die Arme und studierte abwartend Hennings Gesicht und seine Reaktion.

Henning hatte sein Gesicht mit der Hand abgeschirmt, sein Kopf war gesenkt, er kämpfte offensichtlich mit den Tränen. Dann stand er abrupt auf. „Okay!", meinte er heftig, seine

Mundwinkeln zuckten, „ich kiffe, ich saufe, bin an allem schuld und ich sehe scheiße aus, aber das geht nur mich was an. Es geht mir gut, ich habe Freunde, echte Freunde, alles andere ist mir scheißegal. Ich brauche keinen Seelenklempner!"

„Denkt deine Freundin auch so, Henning?", warf Sebastian Steiger schnell ein. „Du magst sie doch, oder?"

Henning zögerte. „Aha", dachte er wütend, „jetzt outet er sich, jetzt kommt er mit seiner Psychoscheiße."

„Gut, Henning!" Sebastian Steiger nahm einen Bleistift zur Hand. „Sagen wir, ihr zu Liebe am nächsten Freitag zur selben Zeit?"

Henning zuckte mit den Schultern und ging. Sebastian Steiger schaute nachdenklich auf die, einen Spalt offengebliebene Tür. Der Junge war unendlich verletzt, er fühlte sich unwert und verloren, er sehnte sich nach Verlässlichkeit, sein ganzes Verhalten, sein Äußeres war ein einziger Hilferuf. Seine Freundin schien ihm einen gewissen Halt zu geben, im Moment noch jedenfalls. Sebastian Steiger war mit dem einseitig verlaufenden Gespräch nicht unzufrieden, der Junge würde wiederkommen, da war er sich sicher.

Eigentlich sollte Henning nach dem Besuch beim Therapeuten zur Schule fahren, es war zehn Uhr durch, also gerade die große Pause. Aber heute war Freitag, da gab es nur noch Sport und Kunst, das konnte er sich locker schenken, zumal ihn der humorlose Kunstlehrer Machet bestimmt nicht vermissen wird. Er hat ihn unlängst mit Arschloch betitelt, seither hatte ihn der Kerl noch mehr auf den Kicker.

Zu Hause hatte er um diese Zeit seine Ruhe, er konnte ungestört sein neues Computerspiel ausprobieren, ein Strategie-Kampfspiel mit einer unerhört guten Grafik und hohem Anspruch an Reaktion und Geschicklichkeit. Mama schlief generell bis Mittag, sie hatte derzeit einen Nachtwächterposten irgendwo im Industriegebiet. Die Vorstellung, dass seine Mutter nachts mit angelegtem Gewehr auf einem düsteren Industriegeländer herumlief, rief bei Henning eine verächtliche Heiterkeit hervor, vor allem, wenn sie damit bei jeder Gelegenheit protzte, einfach peinlich. Gerd 2 war Lkw Fahrer und selten daheim und Karo, die kleine Halbschwester, war im Kindergarten. Clair war schon lange nicht mehr da, sie war bei Papa in Schlierheim.

Am Ortsende von Kirchhausen, nah an einer gut befahrenen Landstraße, wohnten sie in einem zweistöckigen, schmucklosen Haus. Das Brummen der Autos und der LKWs war bis nach Mitternacht zu hören, aber daran hatte man sich gewöhnt.

Im Erdgeschoss befand sich eine Druckerei, im ersten Stock wohnten wohl ihre Betreiber, Henning wusste es nicht genau und es interessierte ihn auch nicht. Einziger Luxus am Haus war der im zweiten Stock befindliche, über die ganze Vorderfront verlaufende, schmale Balkon, er ging zur Landstraße hinaus und hatte eine schlichte, sonnengebleichte Holzlattenverkleidung.

Hinter dem Haus befand sich eine kleine, von Büschen umfasste Grasfläche, die eigentlich als Spiel- und Bolzplatz für Clair und ihn gedacht gewesen war, aber sie hatten die brombeerumwucherten Halden und Raine der Wiesen und Äcker dahinter immer bevorzugt. Die hatten sich hervorragend zum Indianer- und Räuberspielen geeignet.

Henning hatte einen eigenen Hausschlüssel, und als er jetzt das Treppenhaus hinaufschlich, verfolgte ihn das dumpfe Poltern und Vibrieren der Druckerpressen bis in den zweiten Stock hinauf. Sein Zimmer war nur vom Treppenhaus her zugängig, was er als angenehm empfand, denn so blieb er vom alltäglichen Familiengeschehen relativ unbehelligt. Außerdem hatte sein Zimmer, sowie auch die Küche daneben, eine Tür zum Balkon, was sehr nützlich sein konnte.

Henning schloss seine Zimmertür auf und hinter sich gleich wieder zu, er brauchte jetzt seine Ruhe. Achtlos schmiss er seine Schultasche neben seinem Schreibtisch auf den Boden, streifte die Schuhe ab und warf die Jacke auf das Bett, das noch von der Nacht her zerwühlt war. Es roch muffig im Zimmer, Henning störte es nicht, er ließ den Computer, ein Konfirmationsgeschenk der Großeltern Baumann, hochfahren, schob das neue Spiel rein und der Tag war gerettet. Irgendwann würde er sich in der Küche ein Cola und ein Wurstbrot holen und hoffen, dass ihm Mama dabei nicht in die Quere kam, sie glaubte mit ihrer bohrenden, ausdauernden Fragerei jeden Gedanken und jede Gefühlsregung aus ihm herausquetschen zu müssen, das nervte, das brauchte er jetzt nicht. Nur Ulrich durfte ihn stören, jederzeit. Irgendwann wird er sich auf dem Handy, das er von Mama geerbt hatte, melden und sich mit ihm verabreden. Ulrich wohnte in der Nachbargemeinde bei seiner Mutter, sie war stinkreich. Sie hatte es längst aufgegeben, auf ihrem Sohn, der ein stetiges Ärgernis für sie war, Einfluss auszuüben oder erzieherische Maßnahmen an ihm zu ergreifen. Ulrich Weingard war sein Freund, sein einziger und allerbester, und Steffi war seine Freundin.

Als Henning Dengler am nächsten Freitagmorgen das Sprechzimmer von Sebastian Steiger betrat, sah dieser mit einem Blick, dass sich bei seinem Schützling rein äußerlich nichts verändert hatte, der gleiche finstere Blick und die gleiche Verwahrlosung. Aber immerhin, er war gekommen.

„Schön, dass du da bist, Henning", begrüßte er ihn freundlich und übersah Hennings zur Schau gestellten Missmut. „Setz dich doch. Wie geht es dir?"

„Scheiße", antwortete Henning gereizt.

„Weil du derzeit clean bist, nehme ich an? Willst du was trinken, Henning? Ein Wasser oder einen Kaffee?"

„Igitt", murmelte Henning und verzog das Gesicht.

„Gut." Sebastian Steiger füllte ein Glas halb voll mit Sprudelwasser und stellte es vor Henning auf den Schreibtisch. „Vielleicht erzählst du mir ein wenig von der Schule, Henning", schlug er vor, als er sich gesetzt hatte. „Warum du zum Beispiel so viel Ärger mit deinen Lehrern hast?"

„*Ich* habe keinen Ärger mit denen", entgegnete Henning grob. „Einige von ihnen können halt keinen Spaß vertragen, sie sind einfach nur Arschlöcher und Zyniker, die mich auf dem Kicker haben."

„Unter uns gesagt, Henning, ich glaube nicht, dass es allein an den Lehrern liegt, ich glaube eher, es liegt an deinem Verhalten und an deiner Wortwahl. Daran kannst du was ändern, daran musst du sogar was ändern. Du brauchst wohlwollende Lehrer und nicht umgekehrt, sie kommen wahrscheinlich ganz gut ohne Henning Dengler aus, ihnen kann es letztlich egal sein, ob du dumm stirbst oder nicht. Glaub mir Henning, die allermeisten Lehrer wollen Wissen vermitteln und jungen Menschen den Weg in ein gutes Leben ebnen, das ist ihre Mission, dafür werden sie bezahlt. Aber du musst es zulassen, Henning, du darfst nicht blockieren, du würdest dir nur selbst schaden und deine Zukunft verscherzen. Darüber haben wir schon gesprochen, nicht wahr? In gut einem Jahr machst du dein Abitur oder eben nicht, dann werden die Würfel für dich zum großen Teil gefallen sein. Verstehst du, was ich meine?"

Henning war auf seinem Stuhl zusammengesackt, er sträubte sich gegen die beinahe kumpelhaften Worte des Mannes, der es offenbar gut meinte. „Ich bin ja nicht doof", grummelte er undeutlich, mit gesenktem Kopf. „Ich find es nur Scheiße, dass ich immer an allem schuld sein soll. Ich hasse Schleimkriecher, es kotzt mich an, überheblichen Lehrern nur wegen guter Noten in den Arsch zu kriechen. Ich finde das zum Kotzen."

„Ja, Henning, ich auch", Sebastian Steiger nickte verstehend. „Aber ich möchte wetten, dass du dich auch intelligenter verständlich machen kannst, nicht wahr. Überleg doch mal, was machst du, wenn dir einer absichtlich auf die Füße tritt und dir blöd kommt? Na, sag' schon, wie reagierst du da?"

„Na, derjenige kriegt eins auf die Schnauze, was sonst!" Henning ballte seine Hände.

„Genau. Und Lehrer reagieren da nicht anders, sie sind auch nur Menschen. So wie du mir, so ich dir, das ist ein Naturgesetz."

„Ich kann die Arschlöcher trotzdem nicht leiden", grummelte Henning unsicher, ihm schwante durchaus, dass sein Gegenüber recht hatte.

„Gut, Henning, ich glaube, wir haben uns verstanden. Könnten wir uns dahingehend einigen, dass du bis zu unserem nächsten Termin, also in einer Woche zur selben Zeit, deinen Wortschatz besonders deinen Lehrern gegenüber überdenkst. Versteh es als Experiment und beobachte, wie sie reagieren werden. Ich glaube, du wirst überrascht sein."

Sebastian Steiger stand auf und gab Henning, der sich aus seinem Stuhl hochgerappelt hatte, die Hand. „Alles Gute, Henning, wir seh'n uns!"


Henning war mit dem Fahrrad gekommen und ein wenig außer Atem, als er am nächsten Freitagmorgen, nun schon das dritte Mal in Folge, das Arbeitszimmer von Sebastian Steiger betrat. Das Zimmer Nr. 24 war ihm nun schon vertraut, Henning vergaß mitunter, dass der nette Mann, der Zeit und Interesse für ihn fand, ein Therapeut war, er war ihm so etwas wie ein Vertrauter geworden, mit dem man vernünftig reden konnte. Jedenfalls war es bei ihm weitaus entspannter, als im Kunstunterricht dämliche Tonköppe zu modellieren, fand er.

„Morgen", grüßte er, warf seine Schultasche neben den lederbezogenen Stuhl, zog seine Thermojacke aus und packte sie mit seiner Mütze und den Schal über die Stuhllehne. Dann lümmelte er sich auf den bequemen Stuhl und schaute seinen Gegenüber mit einem herausfordernden „Hier-bin-ich-also-Blick" an.

„Schön, dass du da bist, Henning", begrüßte ihn Sebastian Steiger, „wie geht's dir? Hattest du eine gute Woche?" Es war nicht so dahingesagt, das spürte Henning, dieser Mann wollte es wirklich wissen, das musste man schon sagen.

„Geht so", grummelte er. „Lehrer Luchs ignoriert mich immer noch, obwohl ich kein Wort zu ihm gesagt habe, dieses Arschloch."

„Er traut den Frieden eben noch nicht, Henning", schmunzelte Sebastian Steiger, „und das mit Recht, die Schimpfwörter sitzen dir immer noch locker auf der Zunge, nicht wahr? Magst du einen heißen Tee? Es ist heute Morgen recht frisch draußen."

„Ja, gern." Henning bekam ein Glas Tee vor sich auf den Schreibtisch gestellt, er wärmte seine klammen, roten Finger daran, dann ließ er den würzigen, heißen Tee schluckweise durch seine Kehle rinnen.

„Was mich heute interessieren würde, Henning", hörte er Sebastian Steiger sagen, „wie stehst du zu deinem Vater? Besuchst du ihn regelmäßig oder gelegentlich?"

Henning vergrub sich tiefer in den gepolsterten Stuhl, er hatte die Teetasse abgestellt und schlug wie frierend die Arme um sich.

„Erzähl mir von ihm, Henning. Lass deine Erinnerungen zu, befreie dich von ihrem Druck, damit du wieder atmen kannst." Die Stimme des Therapeuten war sehr sanft und einfühlsam. Henning schaute versonnen auf die Glastasse vor ihm, mit dem rötlich-schimmernden Tee, er vergaß, wo er war und bei wem und fing zu erzählen an, zuerst stockend, dann immer flüssiger. Er erzählte von sich und der kleinen Schwester, *wie sie unter einem stämmigen Apfelbaum stehen und hochschauen zur kräftigen, kleinen Krone, an den belaubten Zweigen hängen winzige, grüne Äpfelchen. Clair ruft etwas hinauf, sie ist ungeduldig, will auf die Leiter steigen, die am Baumstamm lehnt, will hinauf zu dem Bretterviereck, das von Querbrettern zusammengehalten wird. Dort, wo nach dem kräftigen, kurzen Stamm starke Äste auseinanderstreben, kann man es klopfen und hämmern hören. „Bin gleich soweit!", hört man Papas Stimme, „das letzte Brett ist dran, bei der Wandbekleidung könnt ihr hochkommen und mir beim Festnageln helfen!" Papas lange Beine erscheinen, sein lachendes Gesicht, seine kräftigen Hände greifen nach dem schmalen Brett, das sie ihm zureichen, dann dürfen auch sie hinaufklettern. Sie sitzen nebeneinander auf dem Bretterboden ihres zukünftigen Baumhauses und schauen stolz über die Rasenfläche zum Gartenhaus hinüber, eben kommt Papas Freundin Susanne mit einem Korb im Arm heraus, sie wandert über die Wiese zu ihnen herüber und reicht den Korb hoch, es liegen belegte Brote und Flaschen mit Apfelsaftschorle drin, es mundet köstlich, oben im grünen Geäst. Susanne schaut hoch, sie will auch heraufkommen, aber leider ist kein Platz mehr für sie, sie schlendert schmollend zurück zum hübschen Holzhaus, das am Ende des Gartens steht. Eine Schaukel hängt am Ast eines Nussbaumes.*

Auch dieses Mal wird das Baumhaus nicht fertig, denn sie müssen am Nachmittag ihre Taschen packen, sie müssen pünktlich sein und dürfen nichts vergessen, sonst wird Mama furchtbar ärgerlich und schimpft. Ja, und dann müssen sie heimfahren. Auf halbem Weg, auf einem großen Autobahnrastplatz nehmen sie Abschied von Papa, für zwei lange Wochen, mindestens. Sie steigen wieder in das große Auto der Großeltern Dengler und fahren mit ihnen zurück nach Kirchhausen, zur Mama. Papa fährt allein zurück in das Gartenhaus und zum Baumhaus. Mama wäre es lieber gewesen, sie würden erst gar nicht zu ihm fahren, die ganze Fahrerei wäre unnötig und würde nur ihre Pläne durcheinander bringen, das könne man sich wirklich sparen. Also, das findet Henning nicht, aber es gibt ihm zu denken.

So entscheidet er sich bei Papa zu bleiben, für immer. beim Baumhaus und dem Garten und der sorglosen Zeit. Er sagt es Papa beim nächsten Besuch, kurz vor der Rückfahrt, sie sitzen im Gartenhaus, Clair, Papa und er, und auch Susanne, die er nicht mag. Papa freut sich nicht, er scheint betroffen zu sein. „Hast du nicht gesagt, Papa", fragt er verunsichert, „du würdest dich freuen, wenn wir bei dir wären, für immer? Hast du das nicht gesagt?" Papa krault sich das etwas stoppelige Kinn und schaut betreten drein. „Komm her, Henning", sagt er dann und drückt ihn fest an sich. „Weiß der Himmel, ja, es wäre das Allerschönste für mich." Susanne guckt komisch und räuspert sich und Henning wiederholt es: „Ich will bei dir bleiben, Papa."

„Und du, Clair?", fragt Papa, „willst du auch hier bleiben, bei mir?" Clair druckst herum und rutscht unruhig auf ihrem Stuhl herum, für sie gibt es, seit Papa nicht mehr allein ist, keinen zwingenden Grund mehr, hierzubleiben. „Nein", entscheidet sie, „ich fahr' lieber wieder heim."

„Ich nicht", widerholt Henning seinen Vorsatz, „ich bleib jetzt bei dir, Papa."

Er ist so froh, so erleichtert, er glaubt, jetzt wird alles gut. Bevor sie losfahren ruft Papa bei Opa und Oma Dengler an und gibt Bescheid, dass sie nicht auf halbem Weg kommen und die Kinder abholen bräuchten, er werde sie selbst bis nach Gerbach bringen, weil er Morgen mit Henning aufs Jungendamt müsse. Henning wolle nämlich bei ihm bleiben, alles weitere später und so fort. Dann ruft er auch Mama an.

Papas Freundin Susanne sitzt am Steuer, sie fahren auf der Autobahn Richtung Mama. Papa sitzt zwischen ihm und Clair auf dem Rücksitz, er sieht bedrückt aus. „Freust du dich nicht, Papa, wenn ich jetzt bei dir bin?", fragt er besorgt und durchforscht Papas ernstes Gesicht. „Du glaubst gar nicht, Henning, wie sehr es mich freut", beteuert Papa, aber in seiner Stimme liegt ein Bedauern, eine Trauer, Henning spürt es genau. „Weißt du", meint Papa, „es reicht nicht, wenn du es willst und wenn du es mir sagst, du musst es auch deiner Mutter sagen, und morgen im Jugendamt Frau Simones."

„Warum?", fragt Henning erschrocken.

„Nun, weil es eben vom Richter so bestimmt wurde, dass ihr bei eurer Mutter wohnen sollt. Wenn du dem Richter aber sagst, Henning, dass du nun bei mir bleiben willst, dann wird er seinen Beschluss ändern. Aber, Henning, du musst es ihm sagen, verstehst du?"

*Das ist schlimm, sehr schlimm, ein schier unerträglicher Ge-*
*danke, den er weit, weit weg schiebt. Clair weint, sie will, dass*
*er mit nach Hause kommt, das beunruhigt ihn.*

*Aber dann kommt alles ganz anders. Am nächsten Morgen er-*
*klärt er Frau Simones standhaft, dass er nun bei seinem Papa*
*bleiben will, aber da drückt sie ihm den Telefonhörer in die*
*Hand und er hört Mamas Stimme, ja, und dann ist seine Kehle*
*wie zugeschnürt und sein Herz rast wie verrückt, er ist nicht*
*mehr er selbst, als er mit fremder Stimme krächzt: „Hallo,*
*Mama.“ „Hallo, Henning!“ Mamas vertraute Stimme klingt*
*traurig, furchtbar traurig. „Kommst du jetzt heim“, fragt sie.*
*„Ich habe gestern Abend auf euch gewartet, ich habe euch so*
*vermisst. Sascha (ein Schulfreund) wartet heute auf dich, du*
*weißt doch, ihr habt euch verabredet, ihr wollt Pfeilbögen bau-*
*en. Wir müssen auch für Opa ein Geschenk besorgen, er hat*
*am Donnerstag Geburtstag, das weißt du doch, Henning.*
*Kommst du bitte gleich? Ich warte auf dich! Bis gleich, Hen-*
*ning, bitte, bis gleich!“ Er glaubt ein unterdrücktes Schluchzen*
*am anderen Ende der Leitung zu hören und sagt schnell: „Ja“.*
*Aber zugleich spürt er eine furchtbare Enttäuschung, er weiß,*
*er hat eine unwiederbringliche Chance verspielt, die einzige*
*vielleicht. Frau Simones nimmt ihm den Hörer aus der Hand*
*und legt auf. Es ist vorbei. Er muss den ganzen Weg bis nach*
*Kirchhausen weinen, Clair versteht es nicht, sie schaut ihn die*
*ganze Zeit über verwundert an. Vor dem Haus der Großeltern*
*trocknet ihm Papa das Gesicht und putzt ihm die Nase. „Wir*
*werden telefonieren, Großer, sei tapfer, übernächste Woche*
*sehen wir uns wieder, zwei Wochen vergehen schnell. Seid*
*brav und bleibt gesund und denkt daran, euer Papa hat euch*
*lieb.“ Er drückt und küsst ihn und Clair, dann steht Mama mit*
*verheultem, vorwurfsvollem Gesicht vor dem Auto und Papa*

*fährt weg, er hat ihm nicht geholfen, nicht mit einem einzigen Wort. Er schaut dem davonfahrenden Auto nach, aber Mama führt ihn und Clair rasch durch den Garten ins Haus*

Henning stöhnte, jemand hatte seinen Namen gerufen, berührte ihn, er schaute wie erwachend in die aufmerksamen, mitfühlenden Augen von Sebastian Steiger, dann richtete er sich steif aus seiner zusammengesunkenen Haltung auf.

„Dein Vater liebt euch sehr, Henning, dich und deine Schwester", hörte er ihn ruhig sagen. „Hat deine Mutter es dir verziehen, dass du sie verlassen wolltest? Wie hat sie reagiert?"

„Wir haben nie darüber gesprochen", sinnierte Henning. „Sie war danach schrecklich lieb, sie glaubte uns ständig darauf hinweisen zu müssen, wie wichtig wir für sie sind, nun, das stimmte ja auch. Aber sie war auch irgendwie bedrückt, ich dachte, das läge daran, dass sie ein Baby erwartete. Papa erreichte uns danach selten, manchmal am Handy, dann wollte er wissen, wie es mir und Clair geht und was wir so machen. Unsere gemeinsamen Wochenenden verpassten wir oft oder vergaßen sie ganz, was uns im Nachhinein leid tat, später nicht mehr so. Papa hatte ja eine Freundin, er würde auch nicht immer an uns denken. Vielleicht hatte er uns auch vergessen. Mama jedenfalls war davon überzeugt.

Nach der Therapie radelte Henning nach Gerbach, in die Gesamtschule, wo er sich still seinen Klassenkameraden, die sich nach der großen Pause in die Turnhalle begaben, anschloss. Sie hatten bei Frau Amor Sport, sie war eine der wenigen Lehrerinnen, die sich nicht so leicht aus dem Konzept bringen ließen.

Aber Hennings Gedanken irrten immer wieder zum Gespräch mit Sebastian Steiger zurück, zu jener Zeit, die er glaubte überwunden und verschmerzt zu haben. Er spürte wieder jenes erdrückende Gefühl des Verlassen seins, ja, der Bodenlosigkeit, das ihm die Luft abwürgte, nein, das brauchte er nicht mehr, diese verzehrende Sehnsucht nach Geborgenheit, nach dem Vater, und die Angst, er könnte nicht mehr kommen, er könnte sie vergessen, Clair und ihn. Alle glaubten das, auch Mama, vor allem sie. Nein, Henning hatte es überwunden, seine Freunde halfen ihm dabei und das Kiffen und das Saufen. Sie halfen die Welt im Gleichgewicht zu halten, wenigstens für eine Weile, das große Kotzen hinterher war schnurzegal, die befristeten Kneipenverbote, wenn die Toiletten vollgekotzt waren, auch. Was soll's, auf Parkbänken ließ es sich genauso gut kiffen und saufen, besoffen und bekifft friert man nicht. Dann war alles palletti.

Nach der Schule schwang sich Henning auf sein Fahrrad und spurtete, weder nach rechts noch links schauend los. Er wollte nur noch heim, allein sein mit seinen aufgewühlten Gedanken und Gefühlen.

„Hey, Henning, was ist los?", rief ihm Ulrich, sein Freund erstaunt hinterher. „Wollten wir nicht in der Videothek den neuen James Bond holen?"

„Später!", rief Henning über die Schulter zurück. „Ruf mich an!"

Und schon hetzte er auf dem Fahrradweg Richtung Kirchhausen davon.

96

In seinem Zimmer warf er sich auf sein Bett, seinen geliebten Computer würdigte er mit keinem Blick. Er schloss die Augen, in seinem Kopf überschlugen sich die Gedanken. Er zwang sich ruhig zu werden, wartete ab, bis sein Herz eine normale Frequenz erreicht hatte. Was verdammt noch mal war los, was war passiert, was in aller Welt hatte ihn so aus dem Konzept gebracht, ihn so zurückgeworfen?

Er fühlte wieder, wie verdammt weh es getan hatte als er Papa nicht mehr sehen konnte oder nur noch selten, er vermisste ihn so sehr. Aber dann hatte ihn der Fußballverein in Beschlag genommen, obwohl er nie wirklich ein guter Spieler gewesen war, das konnte man nicht behaupten. Die vielen Freund-schaftsspiele mit den benachbarten Vereinen, die Kinderge-burtstage, die Familienfeste, ja, Henning vergaß seinen Vater zwischendurch und auch sein Herzweh, er vergaß die Wochen-enden mit Papa. Aber der tauchte immer wieder auf, überall. Er stand überraschend neben dem Fußballfeld und feuerte ihn an oder tröstete ihn nach dem Spiel, wenn er sich weh getan hatte oder enttäuscht war über eine Niederlage. Dann war er mächtig stolz auf seinen Papa gewesen, er war der Beste, das konnte jeder sehen. Papa kam zu seiner Konfirmation, saß unsichtbar zwischen den vielen festlich gekleideten Leuten, Henning sah ihn erst, als er mit den anderen Konfirmanden aus der Kirche kam, er stand gegenüber der Straße auf dem Gehweg und winkte ihm zu, die Großeltern Dengler waren auch da gewesen. Auch bei Clairs Einschulung war Papa da, er wartete mit Su-sanne, die eine Rose für Clair mitgebracht hatte, bis er sie zu ihrer Einschulung beglückwünschen konnte. Papa saß bei The-ateraufführungen unter den Zuschauern, wenn Clair zum Bei-spiel mit ihrer Ballettgruppe auftrat und furchtbar stolz auf ihr rosa Tütü war. Mama fand es unnötig, ja sogar störend, wenn

Papa kam, wenn er beispielsweise in der Schule bei den Eltern-sprechtagen auftauchte, er verpasste kaum einen. Henning hatte es gefreut, sein Papa war da, er verschwand nicht einfach so wie andere Väter, wie der von seinem Freund Ulrich zum Bei-spiel. Vor allem die Ferien bei Papa waren schön gewesen, die Fahrradtouren zum See, wo sie badeten oder sich ein Schlauchboot mieteten, von dem aus man schwimmen und tauchen konnte, oder wenn sie bei ihren Wanderungen auf Fel-sen kletterten oder Höhlen erforschten, mit Papa unterwegs zu sein war aufregend und abenteuerlich. Ja, bis eben Susanne kam, diese Schnepfe, die anfangs alles mitmachte und dann alles versaute mit ihrer ständigen Nörgelei und ihren seltsamen Therapie-Ritualen und autogenen Trainings, da hätten sie ja gleich zu Hause bleiben können. Immer mal hatte er versucht, sie zu vergraulen oder abzuschrecken, er setzte ihr beispiels-weise einen großen, schwarzen Käfer in die Brotzeitbox oder Clair und er bemalten sich mit ihrem Schminkkram wie India-ner auf dem Kriegspfad oder legten Monsterspinnen zwischen ihre Wäsche. Die armen Viecher mussten sinnlos ihr Leben lassen, denn Susanne ließ sich nicht nachhaltig abschrecken, sie machte zwar jedes Mal einen riesen Aufstand, aber sie blieb. Mama mochte die Ausflüge mit Papa nicht, was schimpfte und beschwerte sie sich, wenn sie am Sonntagabend mit dreckigen Klamotten zurückkamen. Am schlimmsten war es, wenn der ICE Verspätung hatte, das kam oft vor, dann lief sie aufs Jugendamt und beschwerte sich bei Frau Simones, manchmal musste er mitkommen und irgendwas bestätigen. Wenn Mama gewusst hätte, dass Clair und er einmal eine Wei-le auf dem zugigen Bahnsteig von Stuttgart auf Papa hatten warten müssen, ojemine. Dann war er, zwei Stufen auf einmal nehmend, atemlos von der Bahnunterführung heraufgestürzt und hatte sie erleichtert und ein wenig schuldbewusst in die Arme geschlossen. Nein, das konnten sie Mama natürlich nicht sagen.

Henning verstand es mit der Zeit, sich aus den meisten Querelen auszuklinken, indem er sich in sein Zimmer einschloss, sich auf sein Bett warf, sich die Kopfhörer seines Handys in die Ohren stopfte und die Lautstärker bis zum Geht-nicht-mehr aufdrehte, dann brauchte er nicht zu denken, nichts zu sehen und nichts zu hören, das half, um nicht verrückt zu werden.

Jemand klopfte an seine Tür. „Henning!", hörte er seine Halbschwester Karoline rufen, „Bist du da? Wir wollen essen!" Henning blieb mit im Nacken verschränkten Armen liegen. „Ich komme gleich", antwortete er schläfrig.

„Wenn du dein Taschengeld haben willst, Henning, würde ich an deiner Stelle gleich kommen. Hernach ist Mama nicht mehr da!"

„Verdammt noch mal, ja, ich komme!"

Clair wohnte nun schon seit drei Jahren bei ihrem Papa in Schlierheim, wo er sich mit seiner neuen Frau Katharina in einem beschaulichen Vorort ein Bauernhaus gekauft hatte.

Er hatte immer darauf bestanden, dass sie ihre Mutter in Kirchhausen regelmäßig besuchte, er ließ es nicht gelten, wenn sie keine Lust auf stundenlanges Bahnfahren hatte, zumal Mama mehrmals in der Woche anrief, was lästig genug war.

Anfangs hatte sich Clair bei Papa und Katharina, die auch geschieden war und drei Kinder hatte, recht wohl gefühlt. Auch in der neuen Schule gab es vorerst keine Probleme, aber seit der Konfirmation hatte sich das grundlegend geändert. Es wurde ihr alles zu viel, die Auflagen, die ihr im Haus aufgebrummt wurden, der Druck in der Schule, die Erwartungen von Papa, überhaupt alles.

Clair war ein lebenshungriger, man könnte auch sagen, ein lebensgieriger Teenager, sie war immer auf der Suche nach dem besonderen Kick. Durch ihr offensichtlich schauspielerisches Talent fiel es ihr allgemein leicht, ihre Wünsche durchzusetzen, aber nicht bei ihrer Ziehmutter und auch nicht beim Vater, der sie leider allzu gut kannte. Nichtsdestotrotz wurde ihr, um sie zu motivieren, Clair glänzte in der Schule nicht gerade durch Ehrgeiz und Ausdauer, vieles ermöglicht. Sie durfte zum Beispiel einen Tanzkurs in Modern-Dancing absolvieren, dazu brauchte sie natürlich das passende Schuhwerk und die passenden Klamotten. Danach glaubte Clair sich in Querflöte-Spielen erproben zu müssen, wofür eine Querflöte angeschafft wurde, eine aus zweiter Hand zwar, aber dennoch ein ziemlich teures Exemplar. Als auch das langweilig wurde, brauchte sie wegen des langen Schulwegs ein Mofa, unbedingt, auch das bekam sie. Aber als der Tankwart dummerweise nicht mehr umsonst ihren leeren Tank auftanken wollte, ließ sie es einfach bei der Tankstelle stehen. Es gab Zoff und Tränen, als Papa nicht mehr einsehen wollte, dass manche Dinge eben notwendige Lebens- und Lernerfahrungen sind, klar, dass ihn Katharina dabei kräftig unterstützte. Er verweigerte sich bei ihren Wünschen und meinte lakonisch, wenn ihr das Taschengeld nicht reiche, -es war wirklich lächerlich wenig und reichte eben mal für einen Kinobesuch und höchstens noch für ein Eis- dann könne sie sich gerne mit Rasenmähen oder Straßenfegen oder Zeitungsaustragen etwas zuverdienen. Er selbst hätte das auch getan und da wäre er noch wesentlich jünger gewesen als sie. Papa hatte keine Ahnung, er lebte noch im vorigen Jahrhundert, ihre Freunde würden sich kugelig lachen, wenn sie Zeitungen austragen würde. Obwohl, echte Freunde hatte Clair eigentlich nicht, sie bemühte sich auch nicht besonders darum, einzig und allein an ihrem Bruder Henning und an der kleinen Halbschwester Karoline hing sie mit uneingeschränkter Liebe.

Als sie an diesem Freitagabend von Mama und Karoline in Wiesbaden vom Bahnhof abgeholt wurde, erzählte Karoline gleich, dass Henning mit einer lebensgefährlichen Alkoholvergiftung im Weinstädter Krankenhaus liege, er habe sich in der vergangenen Nacht mit einigen Gymnasiasten ein Komasaufen geliefert. Mama sei sehr traurig darüber, meinte Karoline bekümmert. Clair nahm ihre Schwester in die Arme und schaute zur Mutter, die am Steuer saß, sie konnte sich ihre vorwurfsvolle Miene mit den herabgezogenen Mundwinkeln gut vorstellen.

Clair wollte sobald wie möglich zu Henning ins Krankenhaus, sie wollte mit ihm reden und zwar allein, ohne Mama und der Schwester.

Sie erinnerte sich an Leo Bittner, sie waren früher befreundet gewesen, vielleicht war Leo sogar ein wenig verliebt in sie. Jedenfalls wusste sie, dass er zur Konfirmation ein Mofa bekommen hatte, sie würde ihn fragen, ob er sie morgen Früh damit nach Weinstadt rüberfahren konnte. Leos Nummer war noch in ihrem Handyspeicher. Kaum zu Hause im Zimmer ih-

rer Schwester, in dem auch sie bei ihren Besuchen übernachte-
te, versuchte sie ihn zu erreichen. Als sie seine Stimme hörte,
war sie erleichtert. „Hallo, Leo, ich bin es, Clair! Ja, ich besu-
che gerade meine Mutter. Es geht mir gut, danke. Hast du dein
Mofa noch, Leo? Das ist gut. Vielleicht kannst du mich morgen
Früh rüberfahren nach Weinstadt, Henning, der verrückte Kerl,
ist dort wieder mal im Krankenhaus gelandet. Bitte, Leo, es ist
sehr wichtig. Sicher, meine Mutter wohnt noch über der Druckerei an der Landstraße. Morgen früh um zehn also? Das ist
perfekt, Leo! Danke!"

Clairs Stimme zitterte ein wenig, sie hatte Angst um den Bruder, vielleicht musste er sterben. Er war in Lebensgefahr, hatte
Karoline gesagt.

Als sie am nächsten Morgen unten auf der Straße Leos Mofa
heran rattern hörte, eilte sie gleich hinunter. Auf den Küchen-
tisch hatte sie einen Zettel mit dem Hinweis hinterlegt, dass sie
bei einer Freundin sei.

„Wir müssen nach Weinstadt ins Krankenhaus, Leo", erklärte
sie ihrem einstigen Schulfreund. „Henning hat sich derart besoffen, dass man ihn letzte Nacht dort einliefern musste. Ich
muss zu ihm, weißt du, ich muss wissen, was los ist und wie es
ihm geht. Von Mama erfährt man ja nichts, sie jammert nur die
ganze Zeit herum."

Sie stülpte sich den Helm über den Kopf, den ihr Leo reichte
und setzte sich hinter ihm auf das Mofa. Leo wendete und fuhr
zurück zur Hauptstraße, die nach dem Ort zur Landstraße wurde. Sie verlief neben dem Kirchhausner Forst, danach auf kur-

viger, welliger Strecke, zwischen Stoppelfelder und Wiesen bis hin nach Weinstadt. Während ihr der kalte Fahrtwind kräftig ins Gesicht blies, ließ Clair ihren Tränen freien Lauf.

Sie erreichten das Klinikum auf dem Berghang, es überragte das idyllisch gelegene Örtchen Weinstadt. Leo ließ sein Mofa vor dem Haupteingang ausrollen, parkte und sie stiegen ab. Clair drückte ihm einen Kuss auf die Wange. „Danke, Leo. Es dauert nicht lange."

Leo schaute ihr nach, wie sie die Treppen zum Eingang hinaufeilte und darin verschwand. Er schlenderte wartend umher und vertrieb sich die Zeit, indem er den schnellziehenden, dunklen Wolkenbänken zuschaute, die unten im Ort fliehende Schatten über die Dächer und Giebel huschen ließen. Leo wusste aus Erfahrung, auf Clair zu warten erforderte Geduld. Um zwei Uhr hatte er in Gerbach, bei einer möglichen Ausbildungsstelle ein Vorstellungsgespräch, das durfte er auf keinen Fall verpassen.

Clair sah sich in der nüchternen Eingangshalle des Krankenhauses um, sie hasste den Geruch von Chloroform und Desinfektionsmitteln und vermied es, tief einzuatmen. Die weißgekleidete Frau hinter dem Schiebefenster der Anmeldung wusste anscheinend Bescheid über ihren Bruder, sie schaute Clair, als sie seinen Namen nannte, prüfend und streng an. „Erster Stock, Zimmer Nr. 5", sagte sie ohne zu lächeln.

Clair rannte die Treppe zum ersten Stock hinauf. Durch das Fenster am Ende des langen Flurs flutete graues Tageslicht herein, das sich auf dem blanken Linoleumboden spiegelte.

Niemand war zu sehen. Sie ging von Tür zu Tür, Zimmernummer 1, dann 3, dann fünf, kalte, gefühllose Metallzahlen, die sie unwillkürlich an die verhassten Schulnoten denken ließen. Erst letzte Woche hatte sie eine Fünf zurückbekommen, in Mathe, pfeif drauf. Mathe war öde, wer braucht sowas schon. Papa durfte nichts davon wissen, sonst würde er wieder eklatant darauf bestehen, dass sie zu Hause blieb und übte, dann würde er wieder eine ganze Weile ihre Hausaufgaben kontrollieren wollen, so als wäre sie ein Kleinkind. Auf die Oberstufe wollte sie sowieso nicht, also wozu der Stress.

Vor der Tür mit der Nummer fünf blieb Clair kurz stehen, um sich zu sammeln, dann klopfte sie entschlossen an und trat ein.

Der kahle, weiße Raum lag im Halbdunkel, an den beiden, großen Fenstern gegenüber waren die grauen, schweren Vorhänge halb zugezogen, griesgrämige, blasse Gesichter starrten ihr aus den Betten, die auf der rechten Seite in den Raum standen, entgegen. Im letzten Bett vor dem Fenster aber regte sich nichts. Clair ging rasch darauf zu und schaute besorgt in das schlafende, bleiche Gesicht ihres Bruders. Wie klein und schutzlos es wirkte, Hennings Augen waren dunkel umrandet und wirkten eingefallen, fast wie bei einem Greis, stellte Clair betroffen fest. Sein rechter Arm lag kraftlos auf dem Laken, in der Armbeuge hing ein mit einem Pflaster fixierter, transparenter Schlauch, der zu einer durchsichtigen Flasche führte, die an einem Metallständer neben dem Bett hing.

„Henning?", flüsterte Clair voller Mitleid. Henning schlug die Augen auf und als er seine Schwester erkannte, lächelte er matt. Dann rannen Tränen über seine mit dunklem Flaum beschatteten Wangen.

Clair umarmte ihn vorsichtig. „Was machst du für einen Quatsch, Henning? Was hast du dir bloß dabei gedacht, dich derartig zu besaufen!"

„Du musst mir helfen, Clair", flüsterte Henning weinerlich, „ich muss hier raus, noch bevor Mama kommt."

Henning streifte den Schlauch von seinem Arm und versuchte sich aufzurichten, stöhnend sank er auf das Kissen zurück.

„Immer mit der Ruhe, Henning. Du hast eine Alkoholvergiftung, schon vergessen? Man hat dich in der vergangenen Nacht im Delirium hier eingeliefert."

„Wo ist Steffi, Clair, kommt sie auch?"

Henning stützte sich stöhnend auf seine Ellenbogen. „Oder darf sie nicht kommen, haben es ihre Eltern jetzt endgültig verboten? Ich muss mit ihr reden, sie um Verzeihung bitten." Er schlug die dünne Bettdecke zur Seite und wollte zu dem Stuhl, über dem seinen Klamotten hingen.

„Leg dich wieder hin, Henning." Clair zwang ihren Bruder sanft aufs Bett zurück und deckte ihn bis zum Kinn zu.

Henning schaute ergeben zu ihr auf. „Ich will Steffi nicht verlieren, weißt du, sie hat mir schon so oft vergeben. Ich bin ein verdammter Loser, sie kann froh sein, wenn sie mich los ist. Bitte, Clair, hol sie, sie muss mir noch einmal verzeihen."

Clair strich ihrem Bruder besänftigend eine Strähne aus der Stirn. „Keine Sorge, Henning, ich geb' ihr Bescheid, ich rede mit ihr", versprach sie. „Ihre Eltern brauchen nichts zu erfahren. Ich hole jetzt die Schwester, damit sie dir den Schlauch wieder anlegt."

Henning lag matt auf dem Kissen und schaute seine Schwester hilfesuchend an.

„Bitte, Clair, bleib noch, wenigstens bis Mama kommt. Ich kann ihr Gejammer jetzt nicht abhaben."

„Hm, ein wenig musst du schon für deine Unvernunft büßen, Henning", meinte Clair streng. „Aber ich komme, solltest du morgen nicht entlassen werden, wieder. Gleich in der Früh, versprochen. Ich werde heute noch mit Steffi telefonieren… und mit Papa."

„Mit Papa? Warum mit ihm?"

„Du hast recht, nicht mit ihm, sonst kommt er gleich wieder an gedüst. Erhol' dich und sei schön brav, dann darfst du morgen bestimmt raus. Ich geb' der Schwester wegen des Schlauchs Bescheid, okay?"

Clair verließ das Krankenzimmer, gab der Stationsschwester wegen des Infusionsschlauchs Bescheid und lief die Treppe hinunter.

„Ich muss es Papa sagen", überlegte sie und trat erleichtert in den grauen, frischen Novembertag hinaus, „Er wird es sowieso erfahren, Papa erfährt alles, er hat so seine Quellen. Ärger hin, Ärger her, er muss es erfahren, heute noch, und zwar von mir."

Als Hennings Mutter Isabell wenig später im Krankenhaus eintraf, war Henning nicht mehr da. Er hatte einen Mann, der entlassen und abgeholt wurde, gebeten, ihn mitzunehmen.

Sebastian Steiger war erleichtert, als Henning am nächsten Freitagmorgen sein Arbeitszimmer betrat. Frau Simones hatte ihn bereits vom neuerlichen Absturz seines Schützlings unterrichtet, sie war der Meinung gewesen, dass es nun an der Zeit wäre, den Jungen in eine Entziehungsanstalt einzuweisen. Wenn er sich je wieder fangen soll, meinte sie, dann brauche er jetzt ärztliche Hilfe."

Sebastian Steiger hatte abgewinkt. „Man darf nicht gleich zu viel erwarten, Frau Simones", hatte er eingewendet. „Wenn Henning zu den Sitzungen kommt, ist er auf einem guten Weg, trotz der Rückschläge. Keiner weiß, wie er auf eine Einweisung in eine Anstalt reagieren wird."

Und jetzt war er da. Aber der Junge sah nicht gut aus, nachlässig gekleidet wie eh und je, blass und, ja, irgendwie auch schuldbewusst.

„Guten Morgen Henning, schön, das du da bist", begrüßte er ihn wie einen alten Bekannten. „Möchtest du einen heißen Tee, es ist ziemlich ungemütlich heute Morgen, nicht wahr? Laut Wetterbericht soll sich aber im Lauf des Tages die Sonne durchsetzen."

Henning legte seine Jacke, den Schal und die Mütze auf der Stuhllehne ab und setzte sich. Er griff nach dem heißen, dampfenden Teeglas, das vor ihm auf dem Tisch stand, und wärmte seine klammen, geröteten Hände daran.

„Wie geht's dir, Henning?"

Sebastian Steiger setzte sich gleichfalls, schlug die Beine über-einander und schaute Henning über den Schreibtisch hinweg forschend und mitfühlend an. Als Henning schwieg, beantwor-tete er selbst seine Frage. „Ich habe es gehört, Henning, man musste dich wegen einer Alkoholvergiftung ins Krankenhaus bringen, nicht wahr? Das ist nicht gut, Henning, das ist ganz und gar nicht gut, das musst du in Zukunft unter allen Umstän-den vermeiden. Was glaubst du, könnte dir dabei helfen?"

Henning zuckte gleichgültig die Schultern.

„Nun, eine vielversprechende Möglichkeit wäre, du würdest in eine Schule, eine Art Internat gehen, in der du neben dem Un-terricht auch dein Alkoholproblem in den Griff bekommen könntest. Das willst du doch, Henning, dein Alkoholproblem in den Griff bekommen, nicht wahr?"

Henning wollte aufbrausend sagen, dass er verdammt nochmal kein Alkoholproblem habe, aber dann ließ er es lieber sein.

„Wir könnten es zuvor mit einer Tiefenhypnose und einem anschließenden Verhaltenstraining versuchen, das ist allgemein sehr hilfreich. Was hältst du davon, Henning, sollten wir es damit versuchen?"

Henning schaute unschlüssig an Sebastian Steiger vorbei aus dem Fenster, die aufgehende Sonne tauchte die graue Haus-wand gegenüber in einen rosigen Schein, die kahlen Äste davor warfen einen scharfen, filigranen Schatten darauf.

„Von mir aus", stimmte er schließlich brummend zu, „ich wer-de es nicht verhindern können, oder?"

„Gut, Henning, dann lass uns gleich damit loslegen. Leg dich auf die Liege dort."

Henning trat zögernd zu der Liege an der Wand und beäugte sie misstrauisch. Auf der Couch eines Seelenklempners zu liegen, war schlichtweg lächerlich, hoffentlich erfuhr das keiner aus seiner Klasse, er wäre das Gespött der ganzen Schule.

Sebastian Steiger ließ ihm Zeit, er wartete, bis sich Henning umständlich auf der Liege zurechtgelegt und ausgestreckt hatte.

„Nun schließ die Augen, Henning, entspann dich, mach dich schwer, lass dich fallen, denk an nichts. Du fühlst dich gut, du bist jung, gesund und unbeschwert, man will mit dir zu tun haben, man mag dich, du wirst geachtet, du bist glücklich. Wann warst du glücklich, Henning, wo und mit wem?"

Die warme, monotone Stimme hüllte Henning in ein angenehmes, wohliges Dunkel, *er fühlt sich leicht wie eine Feder, die über eine Wiese gaukelt, ja, dort ist der Freizeitpark von Gerbach und der Bolzplatz. „Hey, Henning!" hört er Clair rufen, „pass doch auf, sonst kassierst du noch das fünfte Tor!" Sie ist ganz außer Puste, wehrt Papas Ansturm keuchend ab, Oma Dengler, die eigentlich das gegenüberliegende Tor bewachen soll, hilft ihr, aber sie können nicht viel ausrichten, Papa schlägt Haken wie ein Hase, kickt den Ball vor sich her und dann, von rechts außen kommend, mit dem linken Fuß ein beherzter Schlag und Henning kassiert das fünfte Tor. „Scheiße", mault er, „ich hab' keine Lust mehr!" Er schlägt so wütend gegen den Ball, dass der fast bis ins gegnerischen Tor rollt. Clair gibt ihm recht, gegen Papa kann man einfach nichts ausrichten, dass macht keinen Spaß. Und Oma war auch kein wirklicher Fußballprofi. „Aufgeben gilt nicht", schnauft Papa,*

*holt seinen Rucksack und setzt sich auf eine Wippe, er beför-*
*dert eine Wasserflasche und eine Brotzeitbox aus dem Ruck-*
*sack. „Eine kleine Stärkung gefällig, Sportsfreunde!", versucht*
*er die verstimmte Mannschaft aufzuheitern. „In der zweiten*
*Halbzeit tauschen wir die Rollen, dann bewachen Clair und ich*
*die Tore und ihr seid die Stürmer, einverstanden?" Das ist in*
*Ordnung, schließlich spielt Henning im Fußballverein, wäre ja*
*gelacht, wenn er das Spiel nicht noch herumreißen könnte.*
*Papa schenkt ihnen nichts, aber egal, er und Oma werden alles*
*geben, und sollten sie dennoch verlieren, na wenn schon, gegen*
*Papa zu verlieren ist keine Schande.* „Wir hätten ihn nicht alleine lassen dürfen", flüsterte Henning, „Papa war ganz alleine
in Schlierheim."

„Warum bist du nicht bei ihm geblieben, Henning? Du hättest
doch bei ihm bleiben können."

„Mama braucht mich, sie hat niemanden sonst, der sie be-
schützt, auch die Großeltern nicht, es gab so viel Streit und
Schimpf und Häme, wir mussten in die Druckerei ziehen"

„Und dort ist alles gut, Henning?"

„Papa, er tauchte immer mal auf. Einmal ertappte er Mama und
mich im Getränkemarkt, wir hatten Wein und Schnaps und
sowas im Einkaufswagen liegen, eine Menge, für einen Geburtstag, ich weiß nicht mehr für welchen. Papa war sauer, er
schimpfte mit Mama, er sagte, dass sie mich zum Säufer machen würde. Er war so zornig, da hab ich ihn gekränkt, absichtlich, ich habe gesagt, das wir uns jeden Tag besaufen würden
und ortsbekannte Säufer wären und so weiter, hinterher hat es
mir leid getan, aber Mama hat es gefreut, sie lobte mich. „Dem

hast du es richtig gegeben, dem Klugscheißer, dem hast du es tüchtig gegeben!", sagte sie.

Henning stöhnte, die sanfte Stimme im Hintergrund wollte wissen: „Du säufst und kiffst, Henning, warum?"

„Dann geht es mir gut, dann ist alles leicht und egal, ich mag mich dann, jeder mag mich dann. Das ist geil."

„Aber es hält nicht lange an, dieses Glücksgefühl, nicht wahr? Wie fühlst du dich danach, wenn du wieder clean bist?"

„Kotzelend, ich kotze mir dann die Seele aus dem Leib, ich hasse und verachte mich, ich fühle mich dreckig, keiner mag mich, ich bin so allein, so entsetzlich allein!"

Henning schrie es fast. Sebastian Steiger zog ihn vorsichtig an den Schultern hoch, nahm ihn in die Arme und streichelte über sein feuchtes Haar. Henning schaute ihn wie erwachend an.

„Henning Dengler", meinte Sebastian Steiger eindringlich, „du bist ein wertvoller, gescheiter, liebenswerter junger Mann von siebzehn Jahren. Du hast eine gute Zukunft vor dir, du wirst sie meistern, ganz ohne Alkohol und Drogen. Du wirst glücklich sein, Henning."

Henning nickte, ja, er würde es schaffen. In diesem Augenblick glaubte er es.


Natürlich hatte das Ehepaar Kiefer von Hennig Denglers neu-erster Eskalation Wind bekommen, man hatte so seine Zubrin-ger. Hennig Dengler war der Freund ihrer siebzehnjährigen Tochter Steffanie, ihrem einzigen Kind. Viel zu lange hatten

111

sie zugeschaut, hatten den Besserungsbeteuerungen des Jungen geglaubt, und nun ist er wieder schwer alkoholisiert im Krankenhaus gelandet. Dieses Mal aber war endgültig Schluss, sollte er je wieder auftauchen, dann würden sie ihm endgültig klarmachen, dass er in ihrem Hause und vor allem bei ihrer Tochter nichts mehr verloren hatte. Warum auch immer, sie hing an ihm, aber nun gab es absolut kein Vertun mehr.

Die Kiefers nahmen ihre Tochter ins Gebet.

„Wenn er es mit seinen Versprechungen und Beteuerungen ernst gemeint hätte", schimpfte Herr Kiefer, „dann hätte er dir zuliebe längst mit dem Rauchen, Saufen, Kiffen und Rumhängen aufgehört. Aber solange er sich nicht wie ein zivilisierter Mensch kleidet und benimmt, wird er die Schwelle unseres Hauses nicht mehr übertreten, er würde dich über kurz oder lang mit in seinen Sumpf hinab ziehen, dafür haben wir dich nicht großgezogen, Kind. Und sollten wir hören, dass du dich trotz unseres Verbots mit ihm triffst, ist es aus mit der großzügigen Freiheit und dem Taschengeld, notfalls bringen wir dich dann in ein Internat", und so weiter und so fort.

Steffanie kauerte mit angezogenen Beinen wie ein gescholtenes Lämmchen auf der Couch und vergrub ihr verweintes Gesicht in ihren verschränkten Armen, ihr langes, rotblondes Haar bedeckte ihre schmalen, zuckenden Schultern. Sie erbarmte Frau Kiefer, sie setzte sich zu ihrer unglücklichen Tochter auf die Couch und nahm sie in die Arme. „Papa hat recht, Schätzchen, bei allem Verständnis, aber Henning Dengler brauchst du keine Träne nachzuweinen, er ist kein Umgang für dich. Es gibt genug strebsame und vernünftige Jungs."

Steffanie stieß ihre Mutter grob zurück und sprang auf. „Ich will aber keinen anderen, keinen von diesen überheblichen, eingebildeten Langweilern!", rief sie empört, ihre aufgelöste Wimperntusche hinterließ dunkle Spuren auf ihren mit Sommersprossen reich besprenkelten, feuchten Wangen. „Ich will nur Henning, damit ihr es wisst! Ihr kennt ihn nicht!", rief sie anklagend, „ihr wisst nicht, was für ein wundervoller Mensch er ist. Aber wenn einer mal nicht funktioniert, wenn einer mal hinfällt, dann schnell verurteilen und noch eins draufhauen, ja, dass könnt ihr und mir drohen, weil ihr glaubt, ich sei von euch abhängig und ihr könnt mich einfach so zwingen und dirigieren wie eine Marionette. Aber da irrt ihr euch!"

Sie warf entrüstet ihr rotes, seidiges Haar in den Nacken, ihre grünen Augen funkelten angriffslustig. „Aber in meiner Brust schlägt ein menschliches Herz, wisst ihr, ich verurteile nicht so schnell wie ihr, die ihr anscheinend unfehlbar seid. Habt ihr eigentlich nie Fehler in eurem Leben gemacht? Ward ihr nie jung?"

Die Tür knallte hinter ihr zu, sie hinterließ ihre Eltern erst einmal sprachlos.

„Da hast du es, Dietmar", meinte Frau Kiefer schließlich und musste lächeln. „Sie hat dein Temperament."

„Schon möglich", gab ihr Herr Kiefer recht, „aber ich habe zudem die nötigen Mittel und die Ausdauer. Wir fahren in den Weihnachtsferien wieder nach Kitzbühl zum Skifahren, in den drei Wochen wird ihr die frische Winterluft die Flausen schon aus dem Kopf gepustet haben. Du wirst seh'n, einmal ist sie uns dankbar dafür."

Henning stakte mit steifen Beinen, die Hände tief in den Taschen seines Thermo-Anoraks vergraben, vor dem Tor der Schule hin und her, es war kalt, er fror an den Füßen. Wo nur Steffi blieb, ihre Stunde musste doch längst um sein.

Endlich sah er sie inmitten ihrer Klassenkameraden kommen, sie unterhielt sich angeregt mit ihnen. Wie unbeschwert sie lachte, wie schön sie ausschaute mit ihrem roten, seidigen Haar, Henning wurde sich seines eigenen schäbigen Aussehens bewusst, mit den Kerlen um sie herum konnte er nicht mithalten. Er trat schnell neben das zurückgeschobene Metalltor, so dass er die ankommende Gruppe beobachten, sie ihn aber nicht sehen konnte. Erst als sie unmittelbar an ihm vorbeiging, trat Henning hervor.

„Hallo, Steffi", sagte er kleinlaut. „Kann ich kurz mit dir reden?"

„Ach, schau an", spottete einer der Jungs, „der Henning Dengler ist von den Toten auferstanden?" Ein Mädchen witzelte: „Darfst du dich überhaupt noch in der Schule blicken lassen, du Pfeife?"

Ein tadelnder Blick von Steffanie ließ sie verstummen und abziehen. „Also dann, bis Morgen, Steffi!", riefen sie, und mit Blick auf Henning: „Pass gut auf dich auf!"

Steffanie trat zu Henning und drückte ihm einen Kuss auf die Wange. Henning war erleichtert, sie war also nicht böse auf ihn, nicht sehr jedenfalls.

114

„Hast du Zeit?", fragte er. „Trinken wir im Café Stauder einen heißen Kakao?"

„Ja, gern." Steffanie lächelte ihren Freund an. Er sah mitgenommen und bedrückt aus, registrierte sie besorgt. Sie wird ihm klar machen, dass sie zu ihm hält, egal was getratscht wird und ob es den Eltern passte oder nicht, sie wird sich nicht einschüchtern lassen, von keinem. Henning und sie gehörten zusammen, für immer, so wie Romeo und Julia eben.

Sie wanderten Hand in Hand hin zur Hauptstraße, an der sich mitten im Ort das Café Stauder befand. Um diese Zeit war nicht viel los dort, nur ein Tisch war besetzt. Sie holten sich von der Theke eine große Tasse Kakao, Henning zahlte, dann folgte er Steffanie zu einem der Tische am Fenster, wo sie sich setzten. Die Fenster reichten bis zum Fußboden und hatten keine Scheibengardinen, so dass sie den Verkehr und die Passanten auf der Straße beobachten und umgekehrt auch sie gesehen werden konnten, was sie nicht im geringsten störte.

Schluckweise genossen sie den dampfenden Kakao, er tat gut. Steffanie lächelte Henning an, stellte ihre Tasse ab und ergriff seine Hände. „Weißt du, Henning, meine Eltern haben mir verboten, mich mit dir zu treffen. Das ist natürlich Quatsch, sie müssen lernen, dass du mir wichtig bist. Wichtiger als alles andere, Henning, verstehst du?"

Henning hielt den Blick gesenkt, er schämte sich. „Es tut mir leid", murmelte er, „wirklich, Steffi, ich weiß nicht, wie das wieder passieren konnte. Dir zuliebe wollte ich mit dem Saufen und Kiffen aufhören, ehrlich, das musst du mir glauben."

Endlich schaute er reumütig und bittend in die schönen, verzei-
henden Augen seiner Freundin, er konnte keine Spur des Vor-
wurfs darin entdecken.

„Pass auf, Henning", erklärte sie und ließ seine Hände los, so
als wollte sie nun, da das Wichtigste geklärt war, zum geschäft-
lichen Teil des Gesprächs übergehen. „Meine Eltern sind sauer,
sie wollen, ich will es natürlich auch, dass du ernsthaft damit
aufhörst. Sie bestehen darauf, dass wir uns über einen längeren
Zeitraum nicht sehen, bis du eben bewiesen hast, dass du trocken bist und die Schule im Griff hast. Dann werden sie bestimmt nichts mehr gegen uns haben, denn im Grunde mögen
sie dich, das weiß ich. Leider muss ich mit ihnen in den Weihnachtsferien nach Kitzbühl fahren, zum Skilaufen, das ist Tra-
dition bei uns, davor kann ich mich drücken. Du fährst ja auch
zu deinem Vater und zu Clair, stimmt's?"

Henning nickte, er wäre jetzt so gern mit ihr allein gewesen,
irgendwo, hätte so gern ihre tröstliche Wärme gespürt und ihre
frische Unbefangenheit.

„Wie oft musst du eigentlich noch zu dieser Therapie gehen,
Henning? Immer am Freitagmorgen, nicht wahr?"

Henning nickte verlegen, es war ihm peinlich, dass sie davon
wusste. „Vor den Ferien noch einmal, wenn überhaupt noch.
Eher gar nicht mehr. Ich weiß nicht, was das bringen soll."


Henning war sich durchaus, wenn auch widerwillig bewusst,
dass die Therapie bei Sebastian Steiger ein Strohhalm war, den
er ergreifen musste. So betrat er zwei Wochen vor Weihnach-

ten mürrisch, aber pünktlich am Freitagmorgen sein Arbeitszimmer.

„Hallo, Henning", begrüßte ihn Sebastian Steiger gewohnt
freundlich, „schön, dass du da bist. Ungemütlich heute Morgen, nicht wahr? Bist du mit dem Bus gekommen?"

„Klar", brummte Henning einsilbig, zog sich aus und lümmelte
sich auf den Lederstuhl. Sebastian Steiger stellte wie gehabt ein
Glas mit dampfendem Tee vor ihm auf den Schreibtisch.

„Wie geht es dir, Henning? Hattest du eine gute Woche?"

„Geht so. War schon okay." Henning verschwieg, dass er eben
im Bus mit einem alten Mann Ärger bekommen hatte, der ihn
tatsächlich mit seinem Gehstock traktierte, weil er seinen Platz
nicht wegen ihm räumen wollte, dieser arrogante Arsch. Der
meinte tatsächlich, nur weil er alt war, könne er ihn wie einen
Hund mit seinem Gehstock traktieren. Natürlich war er sitzen-
geblieben, jetzt erst recht, obwohl sich der Alte und nicht nur
der furchtbar über die verwahrloste Jugend von heute aufregte.

Henning schlürfte von seinem Tee, er rann ihm wohltuend
durch die Kehle, das beruhigte und senkte seinen Adrenalin-
Spiegel.

„Was meinst du, Henning, bist du bereit, können wir loslegen?"

Henning antwortete nicht, er betrachtete versonnen die nackten
Äste vor dem Fenster und die trostlose, graue Hauswand dahinter, die noch im ersten, grauen Morgendämmerlicht lag.

„Schon gut", murmelte er und begab sich zur Liege. Ehrlich gesagt, es tat nicht weh darauf zu liegen, es entspannte sogar in gewisser Weise, das musste man schon zugeben.

Er streckte sich ergeben darauf aus und schloss die Augen. „Was soll's", dachte er, „es kann ja nicht schaden."

Er lauschte der sanften Stimme des Therapeuten und ließ sich von ihr in die Vergangenheit entführen, in seine Vergangenheit. Die monotone Stimme räumte Schuldgefühle weg, zeigte ihm einen kleinen, verängstigten Buben, der sich allein und schutzlos fühlt in einer Welt voll Zorn, Spott, Häme, Neid und Streit, zeigte ihn mit der kleinen Schwester, die weinend Trost und Schutz bei ihm, dem großen Bruder suchte. „Warum bist du geblieben, Henning?", wollte die sanfte Stimme wissen. „Warum bist du immer noch da?"

„Mama", stöhnte Henning, *„ich habe schreckliche Angst, dass sie sich etwas antut, sie deutet es immer wieder an, ihre Kopfschmerztabletten liegen zu Hauf in ihrem Nachtschrank, ich werfe sie weg, immer wieder, und einmal macht sie es wahr. Sie weckt uns mitten in der Nacht, wir müssen mit ihr auf den Balkon hinausgehen, und als sie über die Brüstung klettert, begreifen wir, was sie vorhat, sie steht mit dem Rücken zu uns und hält sich am Balkongeländer fest, sie will springen, sie will sich umbringen. Clair schreit panisch, meine kleine Schwester Karo auch, sie zittert und friert in ihrem dünnen Nachthemd, sie weint und versteht nichts. Ich bin wie gelähmt vor Angst und kann nichts machen, nur immer sagen: „Mama, bitte komm zurück! Bitte, spring nicht!" Sie springt nicht, sie klettert herein und geht in die Küche, sie kippt sich einen Schnaps hinunter und jammert und erzählt, dass Gerd sie verlassen habe,* *mit ihrer besten Freundin, die mit ihrem Mann und ihren drei Kindern schräg gegenüber wohnt. Durchgebrannt seien sie, der Teufel soll sie holen, das gemeine Pack, in der Hölle sollen sie schmoren. Mama legt sich auf die Couch und schläft, sie schnarcht. Wir gehen in mein Bett, meine Schwestern zittern und jammern und wollen nicht aufhören damit. Am Morgen schimpft Mama immer noch über ihre hinterhältige, sogenann-te beste Freundin, die ihr den Mann gestohlen hat. Mama be-schwert sich über den abartigen Kerl, dieses Mal meint sie nicht Papa, sie meint Gerd 1, der sie so heimtückisch im Stich gelassen hat, sie wird es ihm heimzahlen, er soll nirgendwo mehr seinen Fuß hinsetzten können, dafür wird ihr Vater, mein Opa, sorgen. Clair will nach den Herbstferien nicht zurück zur Mama, sie will bei Papa bleiben.*

„Und sie schaffte es, nicht wahr, Henning? Clair ist bei ihrem Papa geblieben, nicht wahr?", erkundigte sich die sanfte Stim-me im Hintergrund. „Das war gut, Henning, das wird eurer Mutter helfen, sich auf ihre eigene, verwundete Seele zu besin-nen, auf ihre Vergangenheit, mit der sie sich auseinandersetzen, die sie bewältigen und akzeptieren muss, anstatt sie ihren Kindern aufzubürden. Ihre Liebe ist der Würgegriff einer Er-trinkenden, Henning, wenn du deine Mutter achten und lieben willst, dann musst du dich von ihr befreien. Sie wird sich nichts antun, Henning, sie wird mit der Kraft der Verzweiflung Hilfe suchen. Tu nur dass, was *du* willst, Henning. Sei endlich frei, dann wird alles gut."

Sebastian Steiger streichelte über das schweißfeuchte Haar seines jungen Patienten, der langsam zu sich kam und ihn ver-wirrt anschaute. Er wusste, Henning würde sich nicht an das erinnern, was er eben durchleiden musste, aber in seinem Unterbewusstsein wird ein Umdenken stattfinden, er wird viele Dinge anders sehen und einordnen können, das ist wichtig auf seinem schmerzlichen Weg zur Genesung. Aber um seine verlorene Kindheit wird er immer trauern müssen, die würde ihm kein Therapeut der Welt zurückgeben können.

Ulrich wartete schon seit geraumer Zeit vor dem Gelände des Fußballvereins SSJV 1960 auf Henning, seinem besten Freund. Er selbst hatte auch einmal in diesem Verein gekickt, seine Mutter hatte eine Weile darauf bestanden. Warum sein Freund immer noch dabei war, war ihm schleierhaft, er wurde weder von übertriebenem Ehrgeiz, noch von großer Begeisterung getrieben, oft schwänzte er das Training auch.

Ulrich war von jeher ein selbstbestimmtes Kind gewesen, außer der Mutter vielleicht, die aber selten da war, durfte niemand über ihn bestimmen. Keine der unerfahrenen Kindermädchen hatte es lange bei ihm ausgehalten. „Diese labilen Dinger", hatte Mutter immer geschimpft, „nicht einmal mit einem kleinen Jungen werden sie fertig." Sie hatte nie hinterfragt, warum der Verschleiß an Kindermädchen so groß bei ihm war, es hatte sie nicht wirklich interessiert, eigentlich interessierte sie sich gar nicht für ihren Sohn. Sie war eine sehr beschäftigte Geschäftsfrau, das musste man schon sagen, sie besaß und leitete einen Baumaschinenpark und verlieh zu horrenden Preisen Lastautos, Kräne, Bagger und solche Dinge. Sie stolzierte mit ihren hohen Absätzen grazil und eifrig durch die eisernen Riesen, verhandelte mit Kunden, delegierte und prüfte, ihre Angestellten waren voll Respekt und Hochachtung für sie. Auch Ulrich war stolz auf seine schöne, tüchtige Mutter, nur leider bekam er sie selten zu Gesicht. Auch seine Großeltern nicht, sie betrieben in Portugal eine Ferienanlage. Seine täglichen Kontaktpersonen waren die Köchin und die Zugehfrau, aber auch bei ihnen wollte sich keine echte gegenseitige Zuneigung einstellen, sie waren halt dumme Angestellte, die ihre Arbeit im Haus verrichteten. Ulrichs Vater hatte seinen Sohn allem Anschein nach vergessen, meistens jedenfalls. Gelegentlich kam eine Karte von irgendwoher, einmal eine aus dem Kongo, dann eine aus Bombay in Indien, eine andere aus irgendeiner Nigerianischen Hafenstadt, aus Thailand oder Sumatra, Ulrich sammelte sie wie Heiligtümer. Alle Jubeljahre tauchte er selbst für ein paar Tage auf, ein braungebrannter, charmanter, muskulöser Abenteurertyp, der praktisch schon alles auf der Welt gesehen und erlebt hatte. Ulrich lauschte dann hingerissen seinen spannenden Reiseberichten und wurde nicht müde, seinem Vater auf Schritt und Tritt zu folgen, bis, ja, bis er begriffen hatte, dass sein Vater nicht wegen ihm heimkam, sondern weil er Geld brauchte, weil ihm die Zuschüsse, die ihm nach der Scheidung zustanden, nicht ausreichten. Wenn Mutter ihm dann einen angemessenen Scheck ausstellte, um ihn möglichst schnell loszuwerden, den Streuner, wie sie ihn verächtlich nannte, verschwand er wieder, ohne Abschied und ohne Hinweis auf seine Absichten oder Ziele. Ulrich bewunderte seinen Vater dennoch grenzenlos, so wie er wollte auch er sein, ein Abenteurer ohne Furcht und Schrecken, der die ganze Welt bereist und viele Abenteuer erlebt. Henning würde er mitnehmen, sozusagen als seinen Reisebegleiter. Dass er arm war, spielte keine Rolle, Geld hatte er für sie beide genug.

Henning kam, einen Turnbeutel lässig über die Schulter geworfen, ohne Eile herbei geschlendert. Er war wie immer sehr nachlässig gekleidet. Ulrich fand, Henning konnte sich das leisten, es verlieh ihm eine Art „Einsamer-Wolf-Flair". Manche Mädchen standen auf sowas.

„Endlich, Alter!", rief er ihm entgegen. „Ich frier mir schon den Arsch ab!"

Henning betrachtete seinen Freund abschätzend grinsend. „So schlimm kann es bei deinem pelzgefütterten Zeugs nicht sein. Wo geht's denn hin?"

„Erst einmal zu mir, dann ziehen wir los und haben Spaß! Nun komm schon, Alter, beweg dich ein bisschen!"

Später lagen sie auf Ulrichs Bett und machten es sich gemütlich. Sie rauchten einen Joint, tranken ein Bier und surften im Internet.

„Weißt du, Henning", meinte Ulrich plötzlich, Henning bedeutungsvoll ansehend, „wenn wir erst die verdammte Schule hinter uns haben, dann zieh'n wir los, dann kann uns hier nichts mehr halten, ich kann es kaum erwarten. Was meinst du, Alter, bauen wir uns in den Rocky-Mountains eine Blockhütte und angeln in Alaska Lachse? Oder durchfliegen wir zuerst den Grand Canyon, reisen dann auf dem Mississippi in die Karibik und tauchen dort nach dem Gold der versunkenen Piratenschiffe. Wir könnten auch nach Rio de Janeiro fliegen und auf den Zuckerhut steigen oder nach Afrika, wo wir in der Serengeti auf Elefantenjagd gehen können. Dort werden wir sicher auch meinen Vater treffen, er ist Großwildjäger, wie du weißt. Vielleicht aber sollten wir uns erst einmal bei einer Weltreise ein wenig umsehen, was meinst du, Henning?"

Henning sog genüsslich an seinem Joint, er sollte sein letzter sein, denn für das, was *er* vorhatte, brauchte er einen klaren Kopf. Er schaute seinen Freund schläfrig lächelnd an und meinte: „Ich werde vorerst nicht mitkommen können, Ulrich, denn ich will studieren. Ja, da staunst du, was? Ich werde Business-Management studieren wie mein Vater, und zwar in Stuttgart. Die Universität dort ist berühmt, musst du wissen, schon viele berühmte Manager haben dort studiert. Außerdem wohnt mein Vater in der Nähe, in Schlierheim. Er kann mir helfen."

„Toll", meinte Ulrich und versuchte seine Enttäuschung zu verbergen. „Und wie bitte willst du das mit deinen Noten und mit keinem Cent in der Tasche machen?"

Henning ließ sich nicht beirren. „Wenn ich mich jetzt nicht in den Hintern trete, werde ich ohne Schulabschluss dastehen. Weißt du, ich habe genug vom Rumhängen, Saufen, Kiffen und im Krankenhaus landen. Was eigentlich willst du nach der Schule machen, Ulrich? Ich meine, was für einen Beruf willst du lernen?"

Ulrich hoffte immer noch, dass es sich nur um eine Laune bei seinem Freund handelte, um ein Gedankenspiel, das ihm nicht sonderlich gefiel. „Ich hab keinen Bock auf die Scheiße", meinte er ein wenig zu heftig und sog nervös an seinem Joint. „Ich brauch' den Stress nicht, ich heirate eine reiche Frau, wie mein Vater, was weiß ich. Oder ich werde Astronaut. Keine Ahnung."

„Aber ich brauche einen ordentlichen Beruf, Ulrich", meinte Henning entspannt, „ich bin von Berufswegen eben nicht Sohn, wie du. Ich muss Geld verdienen, ehe ich eine Weltreise machen kann, verstehst du? Es liegt verdammt noch mal an mir, ob ich in der Gosse lande oder nicht. Ganz ehrlich, Ulrich, ich will nicht in der Gosse landen."

„Ich bin ja auch noch da, Alter", meinte Ulrich. Er war verunsichert, ein wenig hilflos, was war nur in den Freund gefahren? „Ich hab' genug Geld für uns beide, du bist doch mein Freund, oder nicht? Überlass die Tretmühlen den Strebern und Arschlöchern, wir haben das nicht nötig. Kapiert, Alter?"

Henning überhörte den freundschaftlichen Befehlston, er war zu sehr mit seinen neuen Plänen beschäftigt. „Ab Morgen werde ich mir meine Schulbücher vorknöpfen und lernen, irgendwie werde ich es schon schaffen. Du auch, Ullrich, wenn du nur willst."

„Das sagt ausgerechnet einer, der die Pauker verabscheut? Das ist doch ein Witz, Alter, oder?"

„Die Pauker sind mir scheißegal, Mann. Mama werd ich es noch nicht verklickern, sie argwöhnt sonst gleich wieder wer weiß was. Aber Papa sage ich es, wenn ich über Neujahr bei ihm und Clair bin. Komm doch mit, Ulrich, Papa würde sich freuen. Was ist los, kommst du mit?"


Am Neujahrstag wanderte Dr. Florian Dengler mit seinen Kindern, Clair und Henning und dessen Freund Ulrich, den Wanderweg zum Ochsenkopf hinauf. Es war ein langer, mühsamer Aufstieg, trotz der Minusgrade wurde es ihnen recht warm dabei. Jeder der Jungs zog einen Schlitten hinter sich her, die sie nachher zur geplanten Abfahrt brauchten.

Am späten Mittag erreichten sie die Bahnhofsgaststätte, sie war ziemlich voll mit Winterausflüglern. Eine Menge Leute standen vor einer Theke, an der heiße Würstchen, Brötchen, Grog und heißer Apfelsaft verkauft wurden. Nebenan befand sich der Ticketschalter für die Bahn, die regelmäßig zum Ochsenkopf herauf und wieder hinunter in den Ort Hohenstein fuhr.

Während sie vor der Theke anstanden, um sich Hotdogs und heißen Apfelsaft zu kaufen, überlegten sie kurz, ob sie nicht mit der Bahn hinunter in den Ort fahren sollten. Es sei ein Erlebnis, versprachen die Plakate an den Wänden, wenn die schwerfällige, historische Lok, langgezogene Pfeiftöne und weißen Dampf ausstoßend, mit drei meist vollbesetzte Wagons auf kurviger Strecke durch den mystischen Winterwald schnaufte. Das Klang durchaus verführerisch, aber dann blieben sie doch bei ihrem ursprünglichen Plan, nämlich mit den Schlitten hinunter zu rodeln.

Nachdem sie gegessen, sich aufgewärmt und ausgeruht hatten, machten sie sich auf den Weg. Sie studierten vor der Gaststätte die Tafel mit den vielen gekennzeichneten Wanderwegen, die durch den Wald oder auch hinunter in den Ort führten, einen zum Rodeln ausgewiesenen Weg konnten sie allerdings nicht darauf entdecken. Nach ihrer Erinnerung musste es aber einen geben. Sie waren schon einmal im Winter herauf gewandert, Henning und Clair waren noch klein gewesen, und waren zum Parkplatz hinunter gerodelt, es war eine ziemlich abenteuerliche, holprige Fahrt gewesen. Sie wussten also, es musste in der Nähe ein Weg zum Rodeln freigegeben sein.

Während sie Ausschau nach einer geeigneten Abfahrt hielten, setzte sich Clair auf Ulrichs Schlitten, wohl um seine Aufmerksamkeit auf sich zu lenken, was ihr auch sofort gelang. Er scheuchte sie herunter und bedachte sie mit Schneebällen, denen sie kreischend auswich. Die beiden hatten Spaß, das war nicht zu übersehen.

„Das könnte er sein!" Henning war stehengeblieben und musterte einen mäßig schrägabfallenden, nicht sehr breiten Waldweg. Sein Vater schob seine Strickmütze mit der behandschuhten Hand ein wenig aus seiner Stirn und betrachtete zweifelnd den verschneiten Weg, der keinerlei Spuren aufwies. In einiger Entfernung verlief er im Nebelwald.

„Ich sollte ihn mir erst einmal ansehen", schlug er vor und stampfte los. Aber seine Kinder hatten weniger Skrupel, Henning saß schon auf seinen Schlitten und schrie: „Auf die Seite, Papa, ich mach' die Vorhut!"

Florians Einwand verhallte ungehört in der Frostluft. Clair und Ulrich stapften eilig hinter Henning her und als sie sahen, dass er gut vorankam, setzten auch sie sich auf den Schlitten, Clair vor Ulrich, er war größer als sie und hatte die nötige Übersicht.

„Vorsicht, Kurve!", hörten sie Hennings gedämpfte Stimme aus dem Nebel kommen. Ulrich bremste etwas mit seinen Stiefelabsätzen ab und nahm eine leichte Kurve. Plötzlich tauchte Henning vor ihnen am Wegrand auf. „Fahrt weiter, ich warte hier auf Papa!", rief er. „Wir kommen gleich nach!"

Eine Weile fuhren Ulrich und Clair auf dem dick verschneiten, unebenen Weg dahin. Sie mussten vorsichtig sein, denn rechts fiel der Wald mehr oder weniger steil ab und vor ihnen war die Strecke nur einige Meter zu sehen. Ulrich bewältige souverän eine weitere Kurve, dann kam eine steile Gerade, die ins dunstige Nirgendwo zu führen schien. Linker Hand tauchten ein überdachter Rastplatz und ein tiefverschneiter Holzstoß auf, dann kam eine Kreuzung, die sie überquerten. Danach bremste Ulrich ab.

„Wir sollten auf die anderen warten", schlug er vor und lenkte den Schlitten nach links, wo der Berg nach einer vereisten Rinne steil anstieg. „Sie müssen ja gleich kommen."

Clair hatte absolut nichts dagegen, mit Ulrich mitten im froststillen Winterwald auf einem Schlitten zu sitzen. „Und was machen wir solange?", fragte sie und schaute ihn, während sie sich fröstelnd in ihren dicken Anorak kuschelte, keckherausfordernd an. Ulrich aber schaute in Erwartung seines Freundes und dessen Vater den stillen Waldweg hinauf, außer ihren eigenen Spuren war nichts darauf zu sehen. Verdammt, wo sie nur blieben. „Mir wird langsam kalt, wollen wir ihnen entgegen gehen?", schlug er vor. „Den Schlitten können wir getrost hier lassen, hier klaut ihn bestimmt keiner."

Also stapften sie zurück zum überdachten Rastplatz, an dem sie vorhin vorbeigerodelt waren. Noch immer war keiner zu sehen oder zu hören.

„Eigenartig", murmelte Ulrich. „Komm, setzten wir uns solange auf die Bank. Wo sie nur blieben?"

Den abwärtsführenden Weg gegenüber mit den Spuren sahen sie nicht, auch nicht das eingeschneite Schild davor.

Sehr gemütlich war es unter dem Rastplatzdach, auf den feuchten, groben Bänken nicht, Clair begann zu bibbern, sie rutschte näher an Ulrich heran. „Wenn du deinen Arm um mich legen würdest, Ulli, könnten wir uns gegenseitig wärmen", schlug sie vor.

„Und wenn dein Vater und dein Bruder kommen, was werden sie dann von uns denken?", meinte Ullrich leicht spöttisch.

„Was denn? Vielleicht dass wir uns küssen?", fragte Clair und blickte schief grinsend zu Ulrich auf. „Und was wäre daran so schlimm?"

Ulrich war sich nicht sicher, wollte sich die kleine Clair etwa an ihn heranmachen? Er schaute mit einem unsicheren, leicht überheblichen Lächeln auf sie herab, kein Zweifel, sie war niedlich. Ihre Pudelmütze hatte sie über die Ohren und fast bis zu den dunklen Bögen ihrer Brauen gezogen, ihre dichten Wimpern waren zart bereift, die dunklen Augen hatten die satte Farbe von Waldbrombeeren, ihr Näschen und die kindlich runden Wangen waren gerötet, ihr Wollschal verdeckte halb ihr rundes Kinn. „Sie an", dachte er belustigt, vielleicht auch ein wenig geschmeichelt, „die kleine, niedliche Clair."

Normalerweise hatte er kein Problem mit Mädchen, die in den Diskos oder anderswo waren auch nicht viel älter als Clair. Sie machten ihm schöne Augen, aber nicht wegen ihm, das hatte er schnell kapiert, er war ja nicht blöd, sondern wegen der Großzügigkeit, mit der er das Geld seiner Mutter ausgab. Er war nicht knausrig, denn von den Mädchen umschwärmt zu sein gefiel ihm, er war beileibe kein Kostverächter. Bei Clair aber war es etwas anderes, sie war die Schwester seines besten Freundes, und dem würde es wahrscheinlich nicht gefallen, wenn er mit ihr rumknutschen würde.

Also legte er wohlwollend fürsorglich seinen Arm um Clairs Schultern und blickte sie mit einem nachsichtig väterlichen Lächeln an. „Ach, Clair, wer will dich schon küssen, du kleines, pummeliges Kind? Dein Vater vielleicht, wenn er dich abends ins Bettchen bringt?"

Clair warf seinen Arm zurück und sprang auf, sie stapfte, mit den Stiefeln im Schnee versinkend, zornig davon, natürlich in den falschen, verschneiten Waldweg hinein.

„Clair, du bist falsch!", rief er ihr schadenfroh hinterher, aber als sie weiterstapfte, ärgerte er sich.

„Wo willst du denn hin!", rief er. „Der Schlitten steht auf dem anderen Weg? Komm verdammt noch mal zurück!"

Aber Clair stapfte weiter, ohne zurückzuschauen, sie hörte ihn in ihrem Zorn nicht oder wollte ihn nicht hören. Schließlich verschwand sie im milchigen Dunst des Winterwaldes.

„Dumme Ziege", dachte Ulrich und stampfte ohne Eile hinterher, die Kleine konnte man ja nicht alleine lassen, irgendwann würde ihr die Puste ausgehen und dann wird sie auf ihn warten. Außerdem, auch dieser Weg führte nach unten und hatte ungefähr die richtige Richtung, warum also nicht dieser. Viele Wege führen bekanntlich nach Rom.


Wären sie doch auf dem vorherigen Weg geblieben, denn zur gleichen Zeit entschlossen sich Florian Dengler und sein Sohn Henning den Parallelweg hinaufzulaufen, um sie zu suchen. Denn sie hatten die beiden Voranfahrenden auf der ganzen Abfahrstrecke nicht eingeholt und auch unten, auf dem Parkplatz, nicht angetroffen. Folglich, vermuteten sie, mussten sie den anderen Weg, den Parallelweg genommen haben.

Ulrich hatte recht, Clair konnte ihr zornbestimmtes Tempo nicht lange durchhalten, er holte sie schnell ein. „Was ist los, Clair, was hast du denn auf einmal?", fragte er. Er wusste es tatsächlich nicht.

„Du bist so gemein, Ulrich!", platzte es aus ihr heraus. „Ich bin nicht pummelig und auch kein Kind mehr, ich bin beinahe fünfzehn Jahre alt, nur damit du es weißt. Und ich habe schon geküsst und zwar einen viel jüngeren und viel netteren Burschen als dich. Du bist mir sowieso zu alt, nur damit du es weißt!"

In ihrem Zorn legte sie wieder tüchtig an Tempo zu.

„Tut mir leid, Clair", versuchte Ulrich die Wogen zu glätten. „Das habe ich vorhin nicht so gemeint. Du bist keinesfalls pummelig. Na, ja, ein bisschen vielleicht. Aber sonst bist du sehr niedlich, ehrlich, Clair!"

Clair bückte sich und raffte einen Schneeball zusammen, den sie Ulrich ins Gesicht klatschen wollte, der wich aber geschickt aus.

„Ich mein es wirklich so, Clair", behauptete er ohne jeden Spott. „Du darfst halt nicht so viel naschen."

Er wollte versöhnlich den Arm um ihre Schultern legen, aber Clair stieß ihn zurück.

„Das sagt sich so leicht", meinte sie immer noch störrisch, „als ob das so leicht wäre, gerade jetzt in der Weihnachtszeit, wo überall Schokoplätzchen und Lebkuchen herumliegen. Man wird ja geradezu genötigt das Zeug zu essen."

„Und du wehrst dich natürlich ganz entschieden dagegen, nicht wahr? Wir müssen uns sputen, Clair, es wird schon dunkel. Ich weiß nicht, wieweit es noch bis zum Parkplatz hinunter ist."

„Im Finstern kommen die Schwarzwaldhexen, vor allem in den Neujahrsnächten", fiel Clair plötzlich ein. „Die Burschen nehmen sie am liebsten mit zu ihren geheimen Versammlungen, mit denen haben sie eine höllische Freude, sagt man. Es sind schon viele in den Neujahrsnächten verschwunden und zwar auf Nimmerwiedersehen."

„Komisch", meinte Ulrich und schritt schneller aus, „ich hab' gehört, sie nehmen am liebsten kleine Mädchen mit, aus denen sie in den Vollmondnächten bösartige Hexen machen. Aber", fügte er hinzu und spurtete sicherheitshalber schon mal los, „mit dir werden sie damit keine Mühe haben, Clair, du bist von Natur aus schon eine Hexe!"

„Na, warte!", rief Clair erbost, aber halbwegs versöhnt, langes Schmollen war nicht ihre Sache. Sie raffte mit ihren behandschuhten Händen einen großen Schneeball zusammen und lief ihm nach. „Ich zeig dir die bösartige Hexe! Wenn ich dich kriege, bekommst du eine kostenlose, eiseskalte Hexengesichtsmassage!"

„Erst musst du mich kriegen, Clair, dann werden wir ja sehen, wer die Massage kriegt!"

Plötzlich lag der große, vom diffusen Licht einiger Parklaternen spärlich beleuchtete Parkplatz unter ihnen. Nur vereinzelt parkten noch Autos darauf, auch das von Clairs Vaters, wie sie erleichtert feststellten.

„Verdammt", meinte Ulrich, „wo zum Kuckuck sind die beiden nur!"

Clair taten die Füße weh, sie fühlte sich auf einmal erschöpft.

„Komm", schlug Ulrich vor, „setzen wir uns auf den Balken dort. Solange das Auto deines Vaters da ist, müssen er und Henning noch irgendwo sein."

Sie setzen sich auf eine Absperrung, schmiegten sich aneinander, wärmten sich und gaben sich Kraft, um einer Verzagtheit nicht nachgeben zu müssen. Sie suchten mit den Blicken die dunkle, stille Bergwand ab und lauschten, als plötzlich fliehende, verhallende Stimmfetzen durch den Wald herab drangen.

„Die Hexen", flüsterte Clair bang, „sie werden Henning und Papa mitnehmen."

„Nun ja, bei deinem Vater dürfte das nicht so einfach sein", murmelte Ulrich, nicht sehr davon überzeugt.

„Was machen wir, wenn sie nicht kommen, Ulrich?"

Auf der Landstraße geisterten die Scheinwerfer eines Autos vorbei, dann war es wieder dunkel und still.

„Dann werden wir ein Auto anhalten müssen, Clair. Damit sollten wir nicht allzu lange warten, denn später kommt keins mehr vorbei. Wir wissen ja nicht einmal, in welche Richtung wir müssen."

Plötzlich verdichteten sich die Stimmfetzen, leuchtende Punkte tasteten sich wie glühende Kohlen aus dem nächtlichen Wald, im mäßigen Tempo glitten Schatten auf den Parkplatz, zwei dunkle Gestalten erhoben sich.

„Papa! Henning!" So schnell konnte man nicht schauen, wie Clair den schattengleichen Gestalten entgegenlief und sie sich mit deren Umrissen verschmolz. Ulrich folgte ihr erleichtert, sehr erleichtert, in seiner Fantasie hatten sich schon die schrecklichsten Szenarien abgespielt, wobei Schwarzwaldhexen eher eine untergeordnete Rolle gespielt haben.


In einem kleinen Waldgasthaus klärte es sich bei einem gemütlichen Essen auf, warum man sich hatte derart verpassen können.

„Ihr habt nach dem Rastplatz die falsche Abfahrt genommen", meinte Florian lakonisch und schlürfe seine gut mit Paprika gewürzte Gulaschsuppe. „Habt ihr denn das Hinweisschild nicht gesehen?"

„Ne, leider nicht." Ulrich zwinkerte Clair verschwörerisch zu, sie lächelte zurück. Eigentlich war er ganz nett, fand sie.

„Gut, dass ihr wenigstens den Schlitten für uns stehen gelassen habt", meinte Henning kauend und registrierte die Blicke und das kindische Wortgeplänkel der beiden. „So konnten wir wenigstens, wenn wir schon wegen euch ein zweites Mal hochsteigen mussten, bequem mit Hilfe der Taschenlampen herunter rodeln."

„Ganz so schlimm war es nicht, Henning", lenkte sein Vater ein, „vom Parkplatz aus sind es ungefähr vierhundert Meter bis zur Gaststätte hinauf. Wollt ihr noch einen Zuschlag?"

„Ja, bitte, und noch eine Apfelsaftschorle!"

Im Nachhinein betrachtet, da waren sich alle einig, war es ein schöner, interessanter Neujahrsausflug gewesen, wenn man das mit den Schwarzwaldhexen auch nicht auf die leichte Schulter nehmen sollte, bemerkte Florian mit Blick auf seine Tochter.


Während der Heimfahrt schliefen Clair und Ulrich auf den Rücksitzen und Henning erzählte seinem Vater, dass er vorhabe nach dem hoffentlich bestandenen Abitur in Stuttgart Management zu studieren.

Florian trieb es die Freudentränen in die Augen, die er hinter einem längeren Schweigen zu verbergen suchte.

„Ich dachte, du könntest mir während des Studiums helfen, Papa, auch bei der Zimmersuche. Vielleicht kann ich ja auch bei euch wohnen?"

„Und deine Mutter, was sagt sie dazu, Henning?"

„Sie wird es kapieren und akzeptieren müssen. Also Papa, was hältst du davon?"

Florian hätte vor Freude und Erleichterung die ganze Welt umarmen mögen. „Dann werden wir beide Studierende sein", meinte er. „ich arbeite nämlich gerade an meiner Habilitation. Ich werde mit Franziska reden, es wird sich bestimmt etwas finden."

„Du willst Professor werden, Papa?", fragte Henning erstaunt.

„Wundert dich das, Henning? Ich arbeite schon seit langem mit einem Professor zusammen an einem Communications-Projekt, ich werde darüber Vorlesungen halten und mich in ein oder zwei Jahren um eine Professur bewerben. Aber, Henning, ich freu mich so für dich, für uns. Wenn es klappt und du nach Stuttgart kommst um zu studieren, werde ich dich natürlich nach Kräften unterstützen!"


Eine Woche nach den Weihnachtsferien erschien Henning wie gewohnt am Freitagmorgen im Arbeitszimmer von Sebastian Steiger. Es sollte das letzte Mal sein, hatte sich Henning vorgenommen, er brauchte keine Therapie mehr. Er wollte Herrn Steiger nur noch von seinen Plänen erzählen, nämlich dass er in Stuttgart Management studieren will, und sich von ihm verabschieden.

„Guten Morgen, Henning", begrüßte ihn Sebastian Steiger und erfasste seinen Schützling mit einem Blick, er war gleichermaßen erstaunt, als auch erfreut über dessen positive Verwandlung. Hennings Gesichtsfarbe war nicht nur von der Januarkälte frisch und gut durchblutet, das war nicht zu übersehen.

„Hallo!", grüßte auch Henning, hängte wie gewohnt seine Thermojacke über die Stuhllehne, die Handschuhe und den Schal obenauf und setzte sich. Er sackte nicht wie üblich auf dem Lederstuhl zusammen, er blieb aufrecht sitzen und schaute seinen Gegenüber an, ohne den Blick abschweifen zu lassen. Hennings Kleider waren sauber, die Stiefel ordentlich geschnürt, er trug einen Ledergürtel mit einer schönen Metallschnalle -ein Weihnachtsgeschenk seiner Freundin- und als er jetzt seine Pudelmütze vom Kopf zog und mit der Hand ordnend durch sein Haar fuhr, sah man, dass es einen gefälligen Schnitt bekommen hatte und leicht gesteilt war. Diese auffällige Veränderung konnten nicht nur die paar Sitzungen bewirkt haben, mutmaßte Sebastian Steiger.

„Es freut mich, Henning", meinte er ehrlich berührt, „dass du gekommen bist und es dir besser geht. Du hattest schöne Feiertage, nehme ich an? Warst du bei deinem Vater?"

„Ja, sicher", antwortete Henning bereitwillig. „Ich war über Neujahr eine Woche bei ihm, meiner Schwester Clair und seiner neuen Familie. Mein Freund Ulrich war übrigens auch dabei, er musste auf einer Luftmatratze schlafen, das tat ich seinetwegen dann auch. Ulrich fand es spaßig, er meinte, es wäre fast so abenteuerlich wie in einem Camp. Wir hatten viel Spaß. Übrigens, ich werde nach dem Abi, wenn ich es schaffen sollte, zu meinem Vater ziehen. Ich will in Stuttgart Management studieren." Henning nagte kurz an seinem gefeiltem Daumennagel und meinte dann etwas verlegen: „Wissen Sie, Herr Steiger, ich brauche keine Therapie mehr, ich habe auch keine Zeit mehr dafür, ich muss jede Minute für das Abi lernen. Sie werden es nicht glauben, aber ich habe während der Feiertage keinen Tropfen Alkohol angerührt und auch nicht gekifft, höchstens mal zum Abgewöhnen eine Zigarette geraucht."

„Das ist gut, Henning, das ist ganz ausgezeichnet", meinte Sebastian Steiger anerkennend. „Was sagt eigentlich deine Mutter zu deinen Plänen? Weiß sie es schon, dass du weggehen willst?"

„Noch nicht, aber sie muss begreifen, dass ich in Stuttgart studieren will!"

„In Stuttgart. Ganz in der Nähe deines Vaters also?" Herr Steiger lächelte verstehend.

„Na, klar, er kann mir helfen, er ist ja ein Manager."

„Sehr gut, Henning, ich freu' mich sehr für dich. Aber dein Vater hat doch eine neue Familie, nicht wahr? Ist seine jetzige Frau damit einverstanden, dass du kommen willst?"

„Ja, ist sie", meinte Henning. „Aber ehrlich gesagt, es ist mir auf Dauer zu hektisch bei ihnen. In Stuttgart gibt es große Studentenwohnheime, Papa will sich darum kümmern und auch um ein BAföG."

„Prima, Henning", Sebastian Steiger nickte anerkennend. „Und du meinst, mit dem Saufen und Kiffen ist jetzt Schluss?"

Henning nickte. „Unbedingt, ich hab es meiner Freundin versprochen, ich will sie nicht noch einmal enttäuschen."

„Aha", dachte Sebastian Steiger belustigt, „daher also weht der Wind." Dann wurde er wieder ernst. „Bestens, Henning, aber du sollst wissen, du hast noch einige Sitzungen gut. Bei Bedarf können wir sie jederzeit fortsetzen, einverstanden?"

„Schon gut, Herr Steiger." Henning stand auf, stülpte sich die Mütze über den Kopf und schlüpfte in seine Jacke. „Jedenfalls

Danke für alles, ich glaube, die Sitzungen haben mir echt was gebracht. Ein gutes, neues Jahr, Herr Steiger. Auf Wiedersehen."

„Für Dich auch ein gutes, neues Jahr, Henning! Alles Gute und viel Glück für deine Zukunft."

Sie reichten sich die Hände, Sebastian Steiger begleitete Henning zur Tür und schaute ihm nach, wie er eilig zur Treppe hin verschwand. „Viel Glück, Henning Dengler", murmelte er, „du wirst es brauchen."

Wenn Henning glaubte, seine Schwester Clair hätte unter der Trennung vom Vater weniger zu leiden gehabt als er, dann irrte er. Er wusste nichts von ihren Tränen, wenn sie sich in den Schlaf weinte, weil sie sich nach Geborgenheit sehnte, nach Papa, weil sie seine Stimme hören wollte. Mag sein, dass sie intuitiv schneller als er kapierte, dass es klüger war, die Sehnsucht nach ihm nicht offen, wie in einem Bauchladen vor sich herzutragen. Sicher glaubte sie auch lange, es würde wieder alles gut werden, irgendwie, und hatte sich deshalb scheinbar schneller als der große Bruder mit der neuen Situation arrangiert, oder sie hatte schneller als er begriffen, dass nichts zu ändern war. Spätestens als sie zitternd vor Angst und Kälte auf dem Balkon standen und sich Mama vor ihren Augen vom Balkon stürzen wollte, spätestens da hatte sie es gewusst, dass nichts mehr werden wird, wie es war, dass nichts mehr gut werden würde. Da hatte sie mit ihrem angeborenen Eigensinn beschlossen, in Zukunft bei ihrem Papa wohnen zu wollen, bei seiner neuen Familie in Schlierheim oder wo er sonst sein mochte. Sie sehnte sich schlicht nach Geborgenheit und Beständigkeit.

Clair war elf Jahre alt gewesen, als sie nach den Herbstferien nicht mehr zurück zur Mama fahren wollte. Sie sagte es Papa am Vorabend der Heimreise, nach dem Abendbrot. Sie spielten Monopoly, Papa überhörte es wohl zuerst oder er dachte, es wäre wieder eine ihrer wankelmütigen Launen. Er würfelte scheinbar ungerührt, weil er am Zug war. Aber es war keine Laune, Clair hatte ihren Entschluss wiederholte. „Ich fahre morgen nicht zurück zur Mama! Ich bleibe jetzt bei dir, Papa."

Da endlich hatte es Papa begriffen, er runzelte die Stirn und schaute sie ernst an. „Aber Clair, du weißt doch auch, das ist nicht so einfach. Du gehst in Gerbach in die Schule und hast dort deine Freunde."

„Und wenn schon, Papa. Ich dachte du freust dich, wenn ich bei dir bleiben will." Clair hatte ihren Papa herausfordernd und doch bang angeschaut. Und wenn er es gar nicht mehr wollte, dass sie hierblieb, bei ihm?

„Hast du denn schon mit deiner Mutter darüber gesprochen? Ist sie damit einverstanden, dass du bei mir bleiben willst?", hatte Papa gefragt.

Clair hatte ihre Lippen eigenwillig geschürzt, ihren fülligen Pferdeschwanz entschlossen in den Nacken geworfen und Papa streng angeschaut. „Das ist mir egal, Papa. Ich bleibe jetzt jedenfalls bei dir!"

„Oha! Genau wie ihre Mutter", hatte Florian Dengler betroffen gedachte. „Wenn Isabell partout etwas wollte, dann hatte sie den gleichen Ton und die gleiche Gestik drauf. Clair war eben die Tochter ihrer Mutter."

Bei Henning hatte der Wunsch seiner Schwester tiefes Unbehagen hervorgerufen. In seinem Innern befürchtete er, die Schwester könnte stärker sein als er, sie könnte es schaffen. Clair konnte ungemein eigenwillig und eigennützig sein. Er war im entscheidenden Moment eingeknickt, aber Clair war anders. Außerdem hatte sie stets den Status des harmlosen Nesthäkchens genossen, sie musste nie den Vater verleumden, um der Mutter zu gefallen. Wenn Clair rebellierte, dann wurde ihr das nachgesehen.

„Lass es lieber sein, Clair", hatte er ihr leicht schulmeisterlich empfohlen. „Das bringt nur eine Menge Ärger ein."

Florian Dengler hatte seinen Sohn beobachtet, er glaubte zu wissen, was in ihm vorging. „Nun", hatte er äußerlich ruhig gemeint, „ihr beide wisst, wie gern ich euch bei mir habe, aber ihr wisst auch, dass es einen richterlichen Beschluss gibt, der besagt, dass ihr bei eurer Mutter wohnen sollt, darüber dürfen wir uns nicht einfach hinwegsetzen. Wenn ihr bei mir bleiben wollt, Clair, dann müsst ihr das vor allem mit eurer Mutter klären."

„Aber das kannst du doch machen, Papa, du kannst doch mit Mama reden!" Clair hatte sich auf den Schoß des Vaters gesetzt, ihre Arme um seinen Hals gelegt und bittere Tränen der Enttäuschung geweint. Papa freute sich nicht, dass sie bei ihm bleiben will. „Ich will bei dir bleiben, Papa. Du willst es doch auch, oder?", schluchzte sie.

Florian Dengler hatte beinahe unsanft ihre Arme von seinem Nacken genommen und ihr ernst in die dunklen, bekümmerten Augen geschaut. „Ja, Clair, ich will es auch, aber darauf kommt es leider nicht an." Seine Stimme klang hart, als er fortfuhr. „Ich fürchte, wenn du es nicht schaffst, mit deiner Mutter darüber zu reden und auch mit dem Richter, dann wäre es besser, du würdest es ganz schnell vergessen."

„Aber warum, Papa? Sagst du nicht immer, man soll alles versuchen, um seine Ziele zu erreichen? Vorzeitig Aufgeben ist nicht angesagt, das sagst du doch immer, Papa?"

Am folgenden Montagmorgen saßen Clair und Oma Fanny im Auto, welches Florian Dengler vor dem Heuberger Amtsgericht, am Ende des Parkplatzes unter einer herbstlich bunten Eiche geparkt hatte. Er glaubte, dort wären die beiden vor neugierigen Blicken sicher. Er war mit seinem Anwalt, in dem Fall glaubte er einen Beistand zu brauchen, in das Gerichtsgebäude vorgegangen und hoffte, dass Clairs Anwesenheit bei den anstehenden, peinlichen Aussprachen nicht nötig sein würde. Sie hatte einige Zeilen an die Mutter geschrieben, in denen sie den Wunsch äußerte, jetzt bei ihrem Papa bleiben zu wollen. Diesen Brief hatte er seinem Anwalt übergeben.

Noch am Freitag hatte Florian das zuständige Heuberger Familiengericht telefonisch unterrichtet, dass seine Tochter Clair nach den Herbstferien nicht zur Mutter zurückkehren wird, weil sie bei ihm, dem Vater bleiben will. Daraufhin hatte der Amtsrichter in aller Eile einen Brief an die Mutter des Kindes verfasst und veranlasst, dass er noch am selben Tag in ihrem Briefkasten landete. Er informierte Isabell Dengler/Wegener

141

darin, dass ihre Tochter Clair in Zukunft bei ihrem Vater in Schlierheim bei Stuttgart leben wolle. Sie, die Mutter, solle deshalb am kommenden Montag, den 21. 10. um 9.30, zu einer Aussprache ins Heuberger Amtsgericht kommen. Es sei ein Eilverfahren, hieß es.

Nun aber bangten Großmutter und Kind der Rückkehr des Vaters und des Sohnes entgegen, der mit dem Anwalt in das Gerichtsgebäude vorausgegangen war.

„Bitte, Oma, geh'n wir weg von hier", flehte Clair nun schon zum wiederholten Male mit ängstlicher Stimme. „Ich kann da nicht hineingehen. Es sind bestimmt alle da."

Oma Fanny nahm die Hände ihrer aufgeregten Enkelin in die ihren, sie versuchte Zuversicht auszustrahlen und hoffte von Herzen, dass sie hier bleiben durften, in der Abgeschiedenheit des Autos, das ihnen Sicherheit bot vor dem ungemütlichen Herbstmorgen und mehr noch vor der Empörung und den Vorwürfen, die hinter den Mauern des Gerichtsgebäudes auf sie warteten. Sie hoffte, hier mit der Enkelin abwarten zu können, bis drinnen alles geklärt und vorbei sein würde.

„Ich fürchte, mein Schatz", meinte Oma Fanny mitfühlend, „wir können es nicht ganz ausschließen, dass dein Vater nicht alles alleine regeln kann, dass du es ihnen selbst sagen musst."

„Ja, Oma, aber nicht hier, ich sage es ihnen am Telefon. Oder ich schreibe Mama einen Brief und auch dem Richter, in dem ich alles genau erkläre. Lass uns von hier weggehen, Oma, bitte." Clairs Gesicht war ein einziges Flehen. „Ich kann da wirklich nicht hineingehen. Lass uns weggehen, Oma, bitte."

„Vielleicht brauchst du das auch nicht. Natürlich schreibst du deiner Mutter und deiner Schwester Briefe, du wirst sie auch oft besuchen", versuchte Oma Fanny ihr Enkelkind zu beruhigen. „Keine Angst, dein Papa und ich sind da, und der nette Anwalt Schuster. Er ist extra aus Göttingen gekommen, um uns zu helfen. Wenn wir wirklich hineingehen müssen, dann brauchst du nur die Fragen des Richters beantworten, du kennst ihn ja schon, er ist wirklich sehr nett. Niemand wird dir böse sein und mit dir schimpfen, dafür wird er sorgen."

Clair beruhigte sich ein wenig. Sie ging seit dem Sommer in Gerbach in die fünfte Klasse der Gesamtschule. Nichts hatte darauf hingedeutet, dass sie zu dem schwerwiegenden Entschluss kommen würde, nach den Herbstferien bei ihrem Vater bleiben zu wollen.

Als Florian Dengler mit seinem Anwalt im ersten Stock des Gerichtsgebäudes den offenen, kahlen Warteraum betrat, schlug ihm eine kalte Feindseligkeit entgegen. Isabell hatte Rückendeckung mitgebracht, ihre Eltern waren da, ihre Schwester Dora und Clairs fünfjährige Halbschwester Karoline. Wenn Florian gehofft hatte, Clairs handschriftliche Erklärung würde ausreichen, um ihr aus Rücksicht auf ihre Jugend die direkte, schmerzliche Konfrontation mit der Mutter und deren Familie zu ersparen, so begrub er jetzt diese Hoffnung. Nein, für diese Familie musste Clairs Ansinnen, bei ihrem Vater bleiben zu wollen, ein glatter Verrat sein, eine persönliche

Niederlage. Florian hoffte nur, dass sich ihr Zorn auf ihn, den Vater, konzentrieren würde.

In der Tat gab es für die Familie Baumann nicht den geringsten Zweifel daran, wer für Clairs plötzliche Schnapsidee verantwortlich war, nämlich ihr niederträchtiger, skrupelloser Vater. Er musste ihr während den Herbstferien den Floh ins Ohr gesetzt haben, wer weiß mit welchen Tricks und Versprechungen und das nicht das erste Mal. Diesem Vater, der zu keiner Zeit zu Zugeständnissen bereit gewesen war und immer nur zögerlich oder verspätet und nur das Allernötigste an Unterhalt für die Kinder und deren Mutter bezahlte, dem war alles zuzutrauen. Aber diese Gemeinheit sollte seine letzte gewesen sein, er würde die Kinder garantiert nicht mehr zu hören und zu sehen bekommen. Man hatte es den Kindern zur Genüge suggeriert, dass dieser Vater es nicht wert sei, auch nur einen Gedanken an ihn zu verschwenden, dass er mit seinen ständigen Telefonaten und Pflichtwochenenden nur ihre Mutter quälen will, um sich zu rächen, weil sie sein männliches Ego verletzt hat. Vor allem der alte Baumann, ein Familienpatron ersten Ranges, verpasste keine Gelegenheit dies gebetsmühlenartig zu wiederholen.

Jetzt, als sein Ex Schwiegersohn und dessen Anwalt den Warteraum betraten, bedachte er diesen mit überheblich-verächtlicher Ignoranz.

Oma Fanny erkannte den Mann, der plötzlich vor dem Auto stand, sofort, obwohl nur die untersetzte Statur im dunklen Anzug zu sehen war, sie erschrak bis ins Mark hinein. Fast im gleichen Moment gewahrte ihn auch Clair, sie öffnete spontan, noch ehe es Oma Fanny verhindern konnte, die Autotür und

144

fiel dem grauhaarigen Mann um den Hals. „Bist du mir böse, Opa?", schluchzte sie an der Brust des alten Baumanns.

„Nein, nicht böse, Liebes", hörte Oma Fanny ihn leise und bedrückt sagen, „nur traurig. Sehr, sehr traurig."

Ein wenig beruhigt setzte sich Clair wieder neben ihre Oma auf den Rücksitz des Autos. Baumann schien dies nicht zu gefallen, er beugte sich leicht ins Auto hinein.

„Wir sind alle unendlich traurig, Clair", meinte er nun schon vorwurfsvoller, schärfer. „Wir können es nicht glauben, was uns der Richter geschrieben hat. Du weißt doch, wie sehr dein Vater deine Mutter misshandelt und gequält hat, er hat sie an den Haaren gezerrt und geschlagen! Das weißt du doch, Clair?"

Clair sackte in sich zusammen und murmelte kaum hörbar: „Nein, mein Papa tut sowas nicht."

„Was sagst du da?" Baumann beugte sich ins Auto hinein, so als hätte er seine Enkelin nicht richtig verstanden. Es wirkte bedrohlich.

Da verlor Oma Fanny vor Empörung ihre Zurückhaltung und auch ihre Angst vor dem herrischen Mann. „Sie hören es doch!", platzte es aus ihr heraus, „Clair glaubt Ihnen ihre unsäglichen Lügen nicht, nicht mehr, dazu kennt sie ihren Vater zu gut. Wie können Sie dem Kind das antun, Herr Baumann! Bitte gehen Sie, wir wollen allein sein!"

Die Autotür fiel krachend zu, er war weg. Clair zitterte vor Entsetzen wie im Schüttelfrost.

„Alles gut, Clair." Oma Fanny nahm ihr Enkelkind in die Arme und hielt sie fest, beide mussten sich erst einmal von dem Schrecken erholen. „Dein Großvater meint es nicht so, er hat Angst, dich zu verlieren", behauptete sie, um das Kind zu beruhigen, aber immer noch zutiefst empört. „Vielleicht können wir ihnen mit Hilfe von Anwalt Schusters und des Richters klar machen, dass du nur bei deinem Vater wohnen willst, weiter nichts."

Da kam Florian und öffnete die Autotür, er meinte gefasst: „Kommt, es geht los."

„Nein, Papa, ich kann nicht! Der Opa war gerade da, er ist böse! Bitte, Papa, ich kann nicht!"

„Doch, Clair, es muss sein! Wir haben es doch besprochen!"

Er nahm sein widerstrebendes Töchterchen fest an die Hand und ging mit ihr zügig über den Parkplatz hin zum Gerichtgebäude.

Oma Fanny folgte ihnen mit blutendem Herzen, sie wusste, was jetzt kommt, musste für das Kind schrecklich sein. Kein Richter der Welt würde ihr das ersparen können.

Im Gerichtsgebäude eilten sie die breite Treppe zum ersten Stockwerk hinauf. Am Treppenabsatz, von dem aus die Treppe parallel zum Warteraum weiterverlief, befreite sich Clair vom Griff des Vaters und flog ihrer Mutter entgegen. die oben an der Treppe stand und sie wie eine verlorene Tochter weinend in die Arme schloss.

„Bist du mir böse, Mama", schluchzte Clair.

„Nein, nein, nicht böse, Liebes", flüsterte Isabell, aber ihr leidendes, verweintes Gesicht strafte sie der Lüge.

Gleich darauf trat ein grauhaariger Herr im dunklen Anzug aus einem Amtszimmer. Es war Familienrichter Dr. Harald Schulz, der vor acht Jahren die Eheleute Dengler geschieden hatte. Er bat die Eltern, Frau Isabell Dengler\Wegener und Herr Florian Dengler, herein.

Die anderen verharrten im Warteraum, sie lauschten, und wenn Stimmen hinter der Tür zu hören waren, meist die erregte Stimme von Frau Isabell Dengler\Wegener, stockte ihnen der Atem. Clair saß still, wie abgeklärt neben ihrer Großmutter Baumann, ihre fünfjährige Halbschwester Karoline setzte sich auf ihre Knie und spielte mit ihren Haaren, verglich sie mit den ihren. „Schau, Clair", stellte sie fest, „du hast die gleichen Haare wie ich, weil du meine Schwester bist, nicht wahr?"

„Oh, ja", dachte Oma Fanny beklommen, „sie ist die beste Anwältin, die Isabell mitbringen konnte. Sie wusste genau, wie sehr Clair an ihrer kleinen Halbschwester hing und die Kleine an ihr.

„Schau, Clair", fuhr Karoline im einschmeichelnden Ton fort und schaute die große Schwester treuherzig an, „Mama schläft jetzt auf der Couch, damit du ein eigenes Zimmer haben kannst. Du hast einen neuen Schreibtisch bekommen und ein neues Bett. Gefällt dir das nicht? Mama hat dich auch bei der

Jugendfeuerwehr angemeldet, da wolltest du doch schon immer hin. Henning ist auch dort und wenn ich groß genug bin, gehe ich auch zur Jugendfeuerwehr. Wird das nicht schön werden, Clair, freut dich das nicht?"

Clair nickte unbestimmt, sie war sehr blass und streichelte geistesabwesend über das lange, dunkle Haar ihrer kleinen Schwester.

Da ging unverhofft die Tür auf und Florian kam mit dem Richter heraus. Er ging zu seiner Tochter. „Alles ist gut, Clair. Geh nun hinein zu deiner Mutter und rede mit ihr von Frau zu Frau. Oma Fanny und ich warten hier auf dich!"

Ehe es sich Clair versah, wurde sie in die Amtsstube geschoben, wo ihre Mutter auf einem Stuhl saß und ihr mit verweinten, roten Augen entgegenblickte.

„Eine halbe Stunde gönnen wir den beiden", erklärte Richter Schulz und lehnte sich abwartend an eine Fensterbank. Er betrachtete unauffällig die Menschen im Warteraum, es herrschte ein bedrücktes Schweigen. Die Familie Baumann saß halb abgewandt vor ihm, hin und wieder streifte ihn ein abwägender Blick. Herr Dengler, der Vater des Kindes, lehnte mit verschränkten Armen am Treppengeländer, er unterhielt sich leise und angeregt mit seinem Anwalt. Später würde er von Anwalt Schuster erfahren, über was, nämlich, dass der alte Baumann auf dem Parkplatz versucht hatte, Clair, sein Enkelkind einzuschüchtern. Die Mutter von Herr Dengler wirkte bedrückt, sie stand am anderen Fenster und starrte zum Parkplatz hinunter.

Draußen hatte es angefangen zu nieseln, dunkle Wolken zogen regenschwer und zügig über die Fachwerkhäuser der kleinen

Stadt, ein böiger Wind schüttelte an den Bäumen, bunte Blätter wirbelten in Massen über den Parkplatz und häuften sich bei den Mauerecken.

Oma Fanny sah es und sah es auch nicht, sie dachte an den Tag vor acht Jahren. *Es war ein ungemütlicher Herbsttag gewesen, genauso wie heute, als Florian am Abend bei ihnen anrief und mit rauer Stimme bat, sie möchten doch bitte bei den Baumanns, den Schwiegereltern nachschauen, ob vor ihrem Haus oder in ihrer Einfahrt sein Auto stände, die Nummer kennen sie ja. Er befürchte nämlich, dass Isabell mit den Kindern zu ihren Eltern nach Kirchhausen gefahren sei, möglicherweise mit ihrem neuen Liebhaber. Sie hätte keine Nachricht hinterlassen, bei Bekannten und Freunden sei sie nicht und die Reisetaschen wären mit einigen Kleidern und Waschzeug verschwunden.*

*„Habt ihr wieder gestritten, Junge", hatte sie ahnungsvoll gefragt. Auch wenn ihr Sohn nicht darüber sprach, so lag es doch auf der Hand, dass die entsetzlichen Auseinandersetzungen nicht aufgehört haben konnten, nur weil sie weggezogen sind.*

*„Sie hat sich wieder verliebt, Mama", hatte er nur geantwortet.*

Oma Fanny schreckte auf, hinter der Tür der Amtsstube waren die Stimmen von Mutter und Kind lauter, erregter geworden, dann wurde es wieder still.

Anwalt Schuster, der nun bei Richter Schulz am anderen Fenster stand, fragte, ob es nun nicht langsam an der Zeit wäre, das Mutter-Kind Gespräch zu beenden.

„Ein Viertelstündchen noch", meinte Richter Schulz gelassen. „Sie wissen ja, Herr Kollege, elfjährige Mädchen haben oft die seltsamsten Anwandlungen, heute dies und morgen das."

Der alte Baumann gab ihm recht. „Das Kind kommt in die Pubertät, man muss es vor Unüberlegtheiten bewahren", meinte er kumpelhaft.

Oma Fanny tupfte sich mit einem Taschentuch den Schweiß von der Stirn, sie musste gegen eine Übelkeit ankämpften. Würde sich der Richter vom alten Baumann beeinflussen lassen?

Sie versuchte sich abzulenken, indem sie wieder dem herbstlichen Spiel der Wolken und der herumwirbelnden Blätter zusah.

*Natürlich war damals Florians Auto in der Einfahrt von Isabells Elternhaus gestanden. Nachdem sie es Florian mitgeteilt hatten, war er noch am gleichen Abend zur Schlierheimer Polizeidienststelle gefahren und hatte Anzeige wegen Kindesentführung erstattet, er wusste, das war die einzige Möglichkeit, um die Dinge von Vornherein richtig zu stellen. Aber man hatte ihm nicht geholfen, auch später beim Jugendamt nicht, Oma Fanny bekam feuchte Augen, wenn sie daran dachte. Niemand hatte ihrem Sohn in seiner Not Gehör geschenkt oder ihm Hilfe gewährt, es wurde ihm nur immer empfohlen, Ruhe zu bewahren, wie gewohnt seiner Arbeit nachzugehen und die Entscheidungen des Gerichts und des Jugendamtes abzuwarten. So würde er seinen Kindern am besten helfen.*

*Wie oft hatte er vor dem Haus der Baumanns gestanden und wollte seine Kinder sehen oder mit ihnen sprechen, aber es wurde ihm nur mit einer Anzeige wegen Ruhestörung und Hausfriedensbruch gedroht, man hatte ihn mit den übelsten Schimpfwörtern taktiert, wochenlang konnte er die Kinder nicht sehen oder mit ihnen sprechen, auch nicht telefonieren. Warum Isabell das Haus in Schlierheim, als sie die meisten Möbel herausgeholt hatte, derart verwüstet hat, das blieb rätselhaft und unbegreiflich. Jedenfalls hatte Florian danach keine Bleibe mehr gehabt, was wohl dazu beitrug, dass bei der Scheidung Isabell das Wohnrecht für die Kinder zugesprochen wurde.*

*Aber Florian hatte auch Hilfe bekommen, von seinem Vorgesetzten in Schlierheim zum Beispiel, der ihm sein Gartenhaus zur Verfügung gestellt hatte und ihm die nötige Zeit gab, zu regeln, was es zu regeln gab. Die Leute im Jugendamt aber empfanden es als störend, wenn sie, die Großeltern auftauchten und von den Nöten der Kinder berichten wollten. Die Kinder seien gut versorgt, hieß es, es fehle ihnen an nichts. Sie hätten sich um echte, dringende Fälle zu kümmern.*

Oma Fanny lauschte, hinter der Tür der Amtsstube war es ruhig geworden. Zu ruhig? Familienrichter Schulz unterhielt sich mit dem alten Baumann, würde er sich von ihm beeinflussen lassen? Der alte Baumann war in solchen Dingen bewandert, er hatte schon die Scheidung seiner jüngeren Tochter sehr zu deren Gunsten durchgezogen. Ihr Sohn lehnte nach wie vor am Treppengeländer, sein Gesicht war ernst und gefasst, sein Anwalt redete leise mit ihm.

„Wie lange dauert das denn noch", fragte sie sich gequält. „Eine halbe Stunde konnte doch nicht ewig dauern. Das arme Kind."

*Jedenfalls waren auch für sie, den Eltern und Großeltern, die sechs Wochen, in denen Florian seine Kinder nicht sehen und sprechen durfte, unerträglich lang erschienen. Endlich hatte man ein Einsehen gehabt und er durfte seine Kinder in Anwesenheit der Mutter eine Stunde lang auf einem Spielplatz sehen, Isabell hatte auf ihre Anwesenheit bestanden. Sie misstraute ihrem Ex Mann und das mit Recht. Oma Fanny lächelte schmerzlich bei dem Gedanken, wie oft, manchmal nächtelang Florian den Gedanken durchgespielt hatte, mit den Kindern abzuhauen, ins Ausland, es wäre nicht schwer gewesen, sie, seine Eltern, und andere hätten ihm dabei geholfen, hätten ihn unterstützt, jemand musste Florian doch helfen. Er aber hatte Angst, dass er beim Scheitern einer Flucht seine Kinder endgültig verlieren könnte.*

*Bei der Scheidung dann hatte es geheißen, es wäre der Wunsch der Kinder, bei der Mutter in Kirchhausen zu bleiben, und so wurde Isabell das Aufenthaltsrecht der Kinder zugesprochen. Die zuständige Jugendbeamtin war der Ansicht gewesen, dass die Kinder inzwischen dem Vater entfremdet wären und dass eine alleinerziehende, leidgeprüfte Mutter unterstützt werden müsse. „Amen", dachte Oma Fanny bitter. Den Kindern jedenfalls erging es in den folgenden, langen Jahren schlecht, miserabel. Eifersüchtig wachte die Mutter auf jede Minute, welche die Kinder zu spät vom Vater zurückkamen, bei der Distance von dreihundertdreißig Kilometern mit dem Auto, später mit dem ICE, war Pünktlichkeit reine Glückssache. Bei der Kindesübergabe -ein grässliches Wort- gab es deswegen immer*

Anlass zum Zetern und sich beim Jungendamt zu beschweren. Aber nicht nur deswegen, Anlässe gab es genug. Die Kinder kämen verwahrlost zurück, hieß es zum Beispiel, ihre Anziehsachen wären versifft oder sie hatten wieder einmal etwas vergessen. Der vermisste Hoppel, Clairs Schlappohrhase, den sie zur ihrer Geburt geschenkt bekommen hatte, war wochenlang ein Riesenthema gewesen. Jedenfalls wollte Isabell nichts mehr mitgeben, weder Anziehsachen, -also sollten die Kinder nackt verreisen?- noch sonst etwas, keine „Kindesübergabe" verlief ohne Keiferei. Wie oft drohte sie mit Kindesentzug, weil der Unterhalt nicht oder noch nicht eingegangen wäre und so weiter. Oder die Kinder waren zum vereinbarten Abholtermin nicht da, oder es ging ihnen nicht gut oder es war überraschend Besuch gekommen oder, oder, der Gründe gab es beliebig viele. Isabell hatte Macht und die Unterstützung des Jugendamtes, das nutzte sie gnadenlos aus. Es war die Hölle, bis heute. Aber, das musste man Isabell vielleicht zu Gute halten, sie wollte nicht ihren Kindern schaden, nur deren Vater.

Und nun, nach sieben Jahren, nahm die kleine, elfjährige Clair all ihren Mut zusammen und wollte ausbrechen aus der Umklammerung der Mutter und des besitzergreifenden Familienclans, den Baumanns. Sie wollte schlicht nur zu dem von ihnen verhassten Vater.

Würde es nicht über die Kräfte eines kleinen Mädchens gehen?


„So!"

Oma Fanny schreckte auf. Das kleine Wort des Richters kündigte unmissverständlich das Ende der Wartezeit an. Richter

153

Schulz gab Florian ein Zeichen, mitzukommen. Sie gingen in die Amtsstube, die Tür schloss sich hinter ihnen.

Im Warteraum lastete die Spannung bleischwer auf den Menschen. Clairs kleine Schwester Karoline kauerte auf dem Schoß ihrer Großmutter Baumann, die sie sanft und beruhigend in ihren Armen wiegte. Nach einer Weile stand die Tante der Kleinen auf und schaute sich suchend um, alle Augen folgten ihr, froh, eine Ablenkung gefunden zu haben. Sie murmelte etwas wie: „Gibt es hier eigentlich einen Trinkautomaten?"

Karoline rappelte sich vom Schoß ihrer Großmutter auf, die strich ihr umständlich den Pulli glatt. Aber Karoline wollte zu ihrer Tante, um ihr offenbar bei der Suche nach einem Trinkautomaten zu helfen. Man sah es dem Kind an, es ging ihm nicht gut, seine Lippen waren blass und trocken,- da ging unvermittelt die Tür der Amtsstube auf.

Frau Dengler/Wegener kam zuerst mit grimmig entschlossenem Gesicht heraus, sie hielt das Handgelenk ihrer Tochter Clair fest umklammert, so als hätte sie Angst, sie könnte ihr entwischen. Sie durchquerte mit ihr eilig den Warteraum, hin zur Treppe, als ihr Florian, der hinter ihr aus der Amtsstube gekommen war, in den Weg trat. „Moment!", sagte er beherrscht, sein Gesicht war angespannt. „Erlaube, dass ich mich von meiner Tochter verabschiede!" Widerwillig ließ Isabell Clairs Handgelenk los, Florian legte seinen Arm um die Schultern seiner verwirrt wirkenden Tochter und trat mit ihr beiseite.

„Alles ist gut, Clair", meinte er leise. „Nur eine Woche, dann werden wir uns hier wiedersehen. Der Richter will ganz sicher sein, dass es dir mit deiner Absicht ernst ist. Wenn du bis dahin immer noch zu mir kommen willst, dann ist es gut, es würde

154

mich wirklich sehr freuen, Clair, das weißt du. Ich werde auf jeden Fall nächste Woche hier sein, selbst wenn du es dir anders überlegen solltest."

Clair wollte antworten, aber die gereizte Stimme ihrer Mutter ließ es nicht zu. „Nun komm schon, Clair", drängte Isabell, packte Clair wieder am Handgelenk und ab ging es die Treppe hinunter. Die Familie Baummanns folgte ihr mit erhobenen Häuptern.

„Ich danke Ihnen, Herr Schuster", wandte sich Florian, der plötzlich niedergeschlagen und erschöpft wirkte, an seinen Anwalt. „Das wär's wohl. Darf ich Sie zu einem kleinen Imbiss einladen? Meine Mutter hat etwas für uns vorbereitet."

Oma Fanny nickte, das Herz lag ihr schwer wie ein Lehmklumpen in der Brust, man musste Clair einfach so gehen lassen, ohne Zuspruch, ohne Trost. Eine Woche konnte unsäglich lang sein.

„Ich verstehe Ihre Enttäuschung", meinte Herr Schuster mitfühlend, auch er war über die Entscheidung des Richters erschrocken gewesen. „Aber, Herr Dengler und liebe Frau Dengler, bedenken Sie eins, wenn Clair nach dieser Woche immer noch bei ihrem Entschluss bleiben wird, dann wird sie unangefochten bei Ihnen bleiben können. Ja, ich nehme Ihre freundliche Einladung zum Essen gerne an."

Eine Woche, in der Clair in die Schule ging und sich gegen jede Bemerkung und Anfrage und jeden gutgemeinten Ratschlag, von wem er auch kommen mochte, abkapselte. Es wäre auch nicht nötig gewesen, dass Oma Fanny in der Schule auftauchte und Grüße von Papa ausrichtete, um ihr Mut zu machen. Clair tat still das Notwendige und Verlangte und wartete, bis sie im Heuberger Amtsgericht Richter Schulz nochmal sagen konnte, dass sie nun bei ihrem Papa wohnen möchte.

Es war vorerst kein Problem gewesen, ihren Papa mit einer anderen Frau und drei anderen Kindern zu teilen, sie wusste ja, *sie* war Papas Liebling; aber eben nicht der von Franziska, Papas neuer Frau. Trotz anfänglicher großer Harmonie und allseits guten Willens gab es schnell Querelen, Verständnislosigkeiten und temperamentvolle Auseinandersetzungen. Missverständnisse sind in einer Patsch-Work-Familie eben vorprogrammiert.

Er hatte Franziska im Supermarkt kennengelernt. Sie war ziemlich gestresst gewesen, es war Feierabendbetrieb und ihr dreijähriger Sohn hatte sich wie toll an der Kasse aufgeführt, er wollte irgendein Naschzeug haben und bekam es nicht, hinter ihr stand eine beachtliche Warteschlange. Da stellte sie erschrocken fest, dass sie zu allem Überfluss ihr Portmonee vergessen hatte. Ein Desaster. Er stand hinter ihr und hatte ihr mit einem leicht spöttischen Lächeln angeboten, das Geld vorlegen zu dürfen. Es war ihr peinlich gewesen, aber sie hatte es zugelassen, dass er seine Geldbörse aus der Gesäßtasche angelte und bezahlte, so als wäre es das normalste der Welt, einer Wildfremden an der Supermarktkasse Geld auszulegen. Beim Hinausgehen hatte ihn Franziska in ihrer Dankbarkeit auf ein

Glas Wein in die Kneipe an der Ecke eingeladen, vielleicht am nächsten Abend, er hatte lächelnd zugestimmt. Was sonst hätte er auch machen sollen, der Betrag, den er ausgelegt hatte, war nicht eben klein gewesen. An ihrem Auto hatte er noch mitgeholfen, die Lebensmittel in den Kofferraum zu laden, Franziska hatte ihm ihre Visitenkarte gegeben, er gab ihr die seine, sie hatte sie ungelesen in ihre Jackentasche gesteckt. „Ich hab' es ein wenig eilig, hab' einen Termin und bin schon spät", hatte er gemeint. „Ich hole Sie also Morgen um zwanzig Uhr ab." Dann war er schnell zwischen den parkenden Autos verschwunden.

Die Kinder lagen schon in ihren Betten, als Franziska Bedenken kamen, war es nicht sehr leichtsinnig für eine alleinstehende Frau gewesen, einem Wildfremden ihre Adresse zu geben? Sie suchte in ihrer Jackentasche nach seiner Visitenkarte und las: *Florian Dengler, Business-Management.*

„Oha", dachte Franziska angenehmen überrascht. „Ein Business Manager also. Das konnte man ihm wirklich nicht ansehen."

Immerhin verflüchtigten sich ihre Bedenken ein wenig.

Als sie am nächsten Abend, hinter der Küchengardine verborgen, ihn auf dem Bürgersteig, die Hausnummern der schlichten Familienhäuser studierend, herauf schlendern sah, begann ihr Herz unruhig zu schlagen.

Er war spät, über der verabredeten Zeit, was ihn aber nicht sonderlich zu stören schien, er hatte es nicht eilig. In seiner etwas abgewetzten Jeans, dem anthrazitfarbenen T-Shirt und dem beigen, offenem Blouson machte er einen legeren Eindruck. Er musste Ende Zwanzig sein und knapp eins achtzig groß, schätzte Franziska, er war schmal gebaut und hatte breite Schultern, sein dichtes, dunkles Haar war kurz geschnitten und ließ einen auffallend kräftigen Nacken frei, was auf einen Sportler schließen ließ. Sein schmales, intelligentes Gesicht mit den dunklen Augen wirkte ernst, um seinen Mund glaubte Franziska einen herben Zug zu bemerken; und wie er jetzt mit einer rührend unbeholfenen Bewegung der linken Hand die Gartentür aufdrückte und auf das Haus zuschritt, glich er einem großen Jungen, den man bemuttern und zugleich unter dessen Fittiche man sich gerne begeben möchte.

Die Hausglocke schrillte, Franziska nahm ihre Handtasche, ging zur Haustür und öffnete sie.


*Während sie unsern Blicken entschwinden,*
*wir ihnen alles Glück der Erde wünschen.*
*Sie tragen ihr Schicksal mit sich fort,*
*zur nächsten Generation, an anderem Ort.*
*Um zu vergessen die Zeit nicht reicht.*
*Doch irgendwann sie Wunden heilt.*


158

# Trilogie

# Jugendbücher

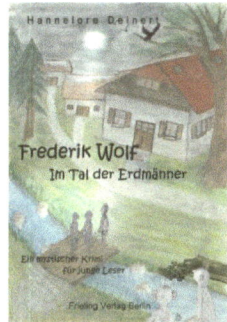

Eine Auflistung aller Buchtitel und eBooks
mit ISBN-Nummern finden Sie auch unter der
**Web-Adresse:** http://www.hannelore-deinert.de

Die Bücher und eBooks der Autorin sind im Buchhandel, den
Verlagen oder im Internet erhältlich.

http://www.hannelore-deinert.de

Hannelore Deinert ist in Kelheim an der Donau geboren und wuchs ohne Vater auf, er ist im Krieg geblieben. Nach einigen Wanderjahren und einem sehr intensiven Familien- und Berufsleben, sie betrieb in Münster bei Dieburg ein Spielwaren- und Bastelgeschäft, fand sie die Zeit, ihrer Leidenschaft, dem Schreiben, nachzukommen. Sie absolvierte erfolgreich ein Literatur Fern-Studium und schreibt Romane, Kurzkrimis, Gedichte, Jugend- und Kindergeschichten. Ihr Motto ist: *Pures Licht blendet zu sehr, zum Glück gibt es auch den Schatten.*